O CASTELO BRANCO

ORHAN PAMUK

O castelo branco

Tradução
Sergio Flaksman

1ª reimpressão

Companhia Das Letras

Copyright © Can Yayin Lari Ltd, 1979
Todos os direitos reservados

Título original
Beyaz kale

A presente tradução foi feita com base na tradução inglesa
The white castle, de Victoria Holbrook,
e na tradução francesa
Le château blanc, de Munevver Andac

Capa
warrakloureiro

Imagem da capa
Johann I Neudorfer e seu filho, (1561) óleo sobre tela por Nicolas Neufchatel (1527-90). Musée des Beaux-Arts, Lille, França/ Lauros / Giraudon/ The Bridgeman Art Library

Preparação
Márcia Copola

Revisão
Arlete Sousa
Isabel Jorge Cury

Dados Internacionais de Catalogação na Publicação (CIP)
(Câmara Brasileira do Livro, SP, Brasil)

Pamuk, Orhan
   O castelo branco / Orhan Pamuk ; tradução Sergio Flaksman. — São Paulo : Companhia das Letras, 2007.

   Título original: Beyaz Kale.
   ISBN 978-85-359-1117-6

   1. Ficção turca I. Título.

07-7748   CDD-894.35

Índice para catálogo sistemático:
1. Ficção : Literatura turca   894.35

[2007]
Todos os direitos desta edição reservados à
EDITORA SCHWARCZ LTDA.
Rua Bandeira Paulista, 702, cj. 32
04532-002 — São Paulo — SP
Telefone (11) 3707-3500
Fax (11) 3707-3501
www.companhiadasletras.com.br

Para Nilgun Darvinoglu,
irmã amorosa
(1961 1980)

Imaginar que uma pessoa que nos intriga participa de uma vida desconhecida e mais atraente justamente por seu mistério, acreditar que só começaremos a viver através do amor dessa pessoa — que mais é isso, senão o nascimento de uma grande paixão?
Marcel Proust, *No caminho de Swann*, segundo a tradução incorreta de Y. K. Karaosmanoğlu

Introdução

Encontrei este manuscrito em 1982, nos mais recônditos e miseráveis arquivos da subprefeitura de Gebze, onde costumava passar uma semana a cada verão, vasculhando o fundo de uma arca empoeirada repleta de decretos imperiais, títulos de propriedade, atas de tribunal e registros de impostos acumulados ao acaso. O manuscrito logo atraiu minha atenção, em virtude do azul de sonho da delicada capa marmorizada, de sua caligrafia clara e do brilho com que se destacava entre os demais desbotados documentos oficiais. Na primeira página, como que para espicaçar meu interesse, outra pessoa, a julgar pelas diferenças na letra, acrescentara um título: "O enteado do estofador". Não havia mais nenhuma indicação. As margens e as páginas em branco estavam cobertas de desenhos infantis representando pessoas de cabeça diminuta que envergavam trajes com muitos botões. Li de imediato o livro inteiro, com um prazer imenso. Encantado com minha descoberta, mas preguiçoso demais para fazer uma cópia do manuscrito, decidi roubá-lo daquele verdadeiro depósito de lixo que nem mesmo o jovem subprefeito se atrevia a chamar de "arquivo", aproveitando-me da confiança de um funcionário cuja deferência comigo era tamanha que me dispensava de qualquer vigilância, e enfiei discretamente as folhas na minha pasta.

Num primeiro momento, não sabia muito bem o que faria com o manuscrito, além de lê-lo e relê-lo várias vezes. Como já àquela altura cultivava uma forte desconfiança quanto à história, preferi concentrar-me na narrativa contada pelo manuscrito a ater-me ao seu valor científico, cultural, antropológico ou "histórico". O que me levou a interessar-me por seu autor. Desde que meus amigos e eu tínhamos sido obrigados a deixar a universidade, eu assumira a profissão do meu avô, que foi enciclopedista. De onde me veio a idéia de escrever um verbete sobre o autor e incluí-lo na *Enciclopédia dos homens ilustres*, por cuja seção de história era responsável.

E foi assim que dediquei a essa tarefa o tempo que me restava depois do trabalho na enciclopédia e das horas que passava bebendo. Quando fui consultar as fontes básicas sobre o período, logo vi que certos acontecimentos narrados no manuscrito não correspondiam aos fatos históricos: confirmei, por exemplo, que, em algum momento dos cinco anos em que Köprülü ocupou o posto de grão-vizir, um incêndio terrível de fato assolou Istambul, mas não encontrei em nenhum lugar indício de um surto de doença digno de nota, muito menos de uma epidemia generalizada como a descrita no livro. Alguns nomes dos vizires da época foram grafados erradamente, outros foram confundidos entre si, outros ainda foram trocados. Quanto aos nomes dos astrólogos imperiais, não conferiam com os que constam nos registros do palácio. Mas essa discrepância devia ter um papel especial na narrativa, e por isso não perdi muito tempo com a questão. Em compensação, nossos conhecimentos "históricos" ratificavam globalmente os fatos relatados no manuscrito. E pude constatar esse "realismo" mesmo nos pequenos pormenores: por exemplo, o historiador Naima descreveu de maneira muito semelhante a execução do astrólogo imperial Hussein Efendi, ou as caçadas de lebres organizadas por Mehmet IV nos bosques do seu palácio de Mirahor. Ocorreu-me também que o autor, claramente dado às leituras e fantasias, devia ter utilizado fontes dessa ordem e muitos outros livros — como os relatos de viajantes europeus ou de escravos libertos —, neles colhendo material para a narrativa. Pode ter lido apenas os diários do famoso viajante Evliya Çelebi ou Chelebi, que no seu relato afirma ter conhecido. E eu dizia comigo também que o inverso podia ser verdade, a julgar por certos detalhes, e continuava a alimentar a esperança de achar alguma pista do autor. Mas as pesquisas que fiz em vão nas bibliotecas de Istambul frustraram quase todas as minhas esperanças. Não consegui encontrar nenhum tratado ou livro dedicado a Mehmet IV entre 1652 e 1680, nem na biblioteca do palácio de Topkapı, nem em nenhuma outra biblioteca pública ou particular onde essas obras pudessem ter ido parar. Encontrei uma única pista: havia nessas bibliotecas outros manuscritos produzidos pelo "calígrafo canhoto" mencionado no livro. Passei mais algum tempo procurando-os, mas só recebi respostas negativas das universidades italianas que bombardeei com cartas; todas as minhas pesquisas entre as lápides tumulares dos cemitérios de Gebze, Cennethisar e Üsküdar em busca do nome do autor (revelado no corpo do livro, embora não mencionado na folha de rosto) também foram baldadas, e a essa altura desisti de seguir as pistas possíveis e escrevi o artigo para nossa enciclopédia baseando-me apenas no que contava o manuscrito. Como eu temia, o verbete nunca foi incluído na obra — não porque lhe faltasse rigor científico, mas porque o personagem em pauta não foi considerado "ilustre" o bastante.

E pode ter sido por esse motivo que meu fascínio pela história só aumentou. Cheguei a pensar em me demitir como forma de protesto, mas adorava meu trabalho e meus colegas. Por algum tempo, contei minha história a todo mundo que encontrava: demonstrava o entusiasmo que sentiria se eu mesmo a tivesse escrito e ela não fosse apenas uma descoberta minha. Para torná-la mais interessante, discorri sobre seu valor simbólico: que ela nos permitiria entender melhor nosso tempo porque aludia às realidades de hoje etc. Graças a essas afirmações, consegui atrair o interesse inicial de jovens geralmente mais absorvidos em questões como política, militância, relações Leste-Oeste ou democracia, os quais, no entanto, a exemplo dos meus amigos de bar, logo esqueciam minha história. Um amigo professor da universidade, depois de me devolver o manuscrito, que folheara por minha insistência, declarou que as velhas casas de madeira das ruas secundárias de Istambul deviam conter dezenas de milhares de manuscritos cheios de histórias como aquela. Se as pessoas simples que moravam nessas casas não os tivessem confundido, em razão da escrita otomana antiga, com o Corão em árabe, e por isso lhes destinado um lugar de honra no alto de algum armário, o mais provável era que viessem arrancando as folhas deles uma a uma para acender seus fogões.

E assim, depois de ler e reler a história vezes sem conta, estimulado por certa moça de óculos de cujas mãos um cigarro nunca está ausente, decidi publicá-la. Meus leitores poderão constatar que não alimentei nenhuma pretensão em matéria de estilo enquanto transcrevia o texto em turco moderno: tendo lido algumas frases do manuscrito, que mantinha aberto numa mesa, dirigia-me a outra mesa, noutro aposento, onde guardava meus papéis, e tentava narrar, com palavras dos dias de hoje, o sentido que retivera. O título do livro, não fui eu quem escolheu, mas a editora que concordou em publicá-lo. Os leitores, ao ver a dedicatória, podem se perguntar se tem algum significado especial. Acho que enxergar ligações entre todas as coisas que existem é o vício do nosso tempo. E é por ter sucumbido eu também a essa doença que publico esta narrativa.

Faruk Darvinoglu

1.

Navegávamos de Veneza para Nápoles quando a esquadra turca apareceu. Nosso comboio era composto de apenas três barcos, mas a fileira de galeras turcas que foi emergindo do nevoeiro parecia infinita. Perdemos a coragem, o medo e a confusão logo tomaram conta do nosso barco, e nossos remadores, na maioria turcos ou mouros, soltavam gritos de felicidade, o que abalou ainda mais nosso moral. Nossa nau virou a proa para oeste, na direção de terra, como as outras duas, mas, diferentemente delas, não conseguimos ganhar velocidade. Nosso capitão, temendo o castigo caso fosse capturado, não conseguiu dar a ordem para açoitarem com violência os remadores cativos. Nos anos seguintes, muitas vezes julguei que a covardia desse homem mudara toda a minha vida.

Mas hoje me parece que, na verdade, minha vida teria sido mudada se o capitão não houvesse tido aquele ataque de pânico. Muita gente crê que a vida nunca é determinada de antemão, e que todas as histórias são na verdade uma cadeia de coincidências. Ainda assim, mesmo os que acreditam nisso, quando atingem um certo momento da sua existência e olham para o passado, chegam à conclusão de que todos os acontecimentos que viveram eram afinal inevitáveis. Eu próprio vivi um período em que pensava desse modo. Mas hoje, quando evoco as cores dos navios turcos que iam emergindo do nevoeiro como fantasmas, sentado aqui à minha velha mesa, escrevendo meu livro, percebo que chegou o melhor dos momentos para contar esta história.

Quando viu os outros dois navios do comboio escapando das naus turcas e desaparecendo no nevoeiro, nosso capitão recobrou a coragem e enfim, por insistência nossa, atreveu-se a mandar surrar os remadores, mas tarde demais; além disso, o chicote já não impressionava aqueles escravos reanimados pela paixão da liberdade. Cortando a impressionante muralha de névoa como enormes painéis de cor, mais de dez galeras turcas surgiram em pouco tempo no nosso encalço. Agora, nosso capitão decidiu bruscamente lutar, na esperança de derrotar, acredito eu, não o inimigo, mas sua própria vergonha e covardia; mandando açoitar impiedosamente os escravos, ordenou que se preparassem os canhões; mas seu ardor combativo, que tanto custara a despontar, durou pouco e logo se extinguiu. Fomos alvejados no flanco por violentas salvas, e nosso navio por certo teria naufragado se não tivéssemos nos rendido na mesma hora; decidimos, portanto, baixar nosso pavilhão.

Enquanto esperávamos a abordagem dos navios turcos no mar calmo, desci para meu camarote e tratei de pôr minhas coisas em ordem, como se esperasse não a chegada de arquiinimigos que iriam mudar toda a minha vida, mas a visita de alguns amigos, e, abrindo minha arca, passei em revista meus livros, absorto em pensamentos. Meus olhos se encheram de lágrimas enquanto eu folheava um volume pelo qual pagara muito caro em Florença; ouvi gritos, passos correndo de um lado para outro acima da minha cabeça, depois um tumulto do lado de fora, e concluí que a qualquer momento seria obrigado a abandonar aquele livro, mas não queria pensar nisso, e sim no que ele trazia escrito em suas páginas. Era como se as idéias, as frases, as equações do livro contivessem a totalidade da minha vida passada — uma vida que eu não queria perder. Enquanto lia a meia-voz frases que pinçava ao acaso, como se recitasse uma prece, desejava gravar o volume inteiro na memória para que, quando eles chegassem, eu não pensasse neles nem nas humilhações que me fariam sofrer; queria lembrar-me apenas das cores do meu passado, como nos lembramos pela vida afora das palavras mais queridas de um livro que decoramos de tanto amá-lo.

Naquela época, eu era outra pessoa e tinha até um nome diferente, usado por minha mãe, por minha noiva e por meus amigos. De tempos em tempos, ainda vejo em sonhos a pessoa que eu era, ou que hoje acredito ter sido, e acordo ensopado de suor. Essa pessoa que hoje me lembra as cores desbotadas e as formas de sonho de paragens que nunca existiram, de animais fabulosos, das armas incríveis que mais tarde inventaríamos ano após ano, tinha vinte e três anos àquela altura. Estudara "ciência e arte" em Florença e Veneza, julgava conhecer alguma coisa de astronomia, matemática, física e pintura. É claro que era um rapaz presunçoso: tendo devorado quase tudo o que fora produzido antes do seu tempo, sentia certo desdém por aquilo; não tinha dúvida de que teria feito melhor; não havia quem lhe chegasse aos pés; sabia que era mais inteligente e imaginativo que qualquer outra pessoa. Em suma, era um jovem igual a todos os demais. Sempre que me vejo obrigado a inventar um passado para mim, o que ocorre com alguma freqüência, custa-me crer que esse jovem que discorria para sua amada sobre as paixões e planos dele, ou ainda sobre o universo e a ciência, e que achava natural que a noiva o adorasse, fosse de fato eu. Mas me consolo lembrando que os raros leitores que, um dia, terão a paciência de acompanhar até o fim o que escrevo aqui vão compreender que aquele jovem não era de maneira nenhuma eu. E pode ser que esses leitores mais pacientes também entendam — como entendo hoje — que a história daquele jovem, cuja vida foi interrompida enquanto ele folheava seus preciosos livros, recomeçou um dia do ponto em que parara.

Quando os primeiros marinheiros turcos lançaram suas rampas e passaram à abordagem, guardei os livros na arca e deixei o camarote. Um verdadeiro pandemônio reinava no navio. Todos os homens tinham sido reunidos no convés, e eram forçados a tirar a roupa. Por um instante, passou-me pela cabeça a idéia de pular no mar no meio da confusão; mas pensei que poderiam me retirar da água com seus ganchos e em seguida me matar ali mesmo, e, de todo modo, não sabia a que distância estávamos da costa. Num primeiro momento, ninguém se interessou por mim. Os escravos muçulmanos soltos das suas correntes gritavam de alegria, e um grupo deles já tratava de se vingar dos guardas que os haviam açoitado. Mas pouco depois os soldados me encontraram no meu camarote, onde eu tornara a me refugiar, entraram e reviraram todos os meus pertences. Despejaram o conteúdo das arcas à procura de ouro, e, assim que pegaram alguns dos meus livros e todas as minhas roupas, um deles me agarrou pelo braço enquanto eu, alheio a tudo, folheava meus dois livros restantes, e me conduziu à presença de um dos capitães.

O oficial — um genovês convertido, como descobri mais tarde — não me maltratou; perguntou qual era o meu ofício. Querendo escapar às correntes e aos remos, apressei-me a declarar que tinha conhecimentos de astronomia e navegação noturna, mas ele não ficou nem um pouco impressionado. Afirmei, então, que era médico, confiando no livro de anatomia que haviam me deixado. Quando me trouxeram um ferido que perdera um braço, respondi declarando que não era cirurgião, o que os irritou muito. E estavam prestes a me acorrentar aos remos quando o capitão, reparando nos meus livros, perguntou se eu sabia alguma coisa sobre os pulsos e a urina. Minha resposta afirmativa poupou-me dos remos, e permitiu até que eu conservasse alguns dos meus livros.

Mas a distinção ainda assim me custou caro. Os outros cristãos, que foram acorrentados aos remos, votaram-me um ódio instantâneo, e, se pudessem, sem dúvida teriam cortado meu pescoço no porão onde nos trancavam toda noite. Mas ficaram com um certo medo, diante da rapidez com que eu estabelecera uma ligação com os turcos. Nosso capitão covarde acabara de morrer empalado, e, como uma advertência aos demais, haviam cortado o nariz e uma das orelhas de cada um dos guardas que açoitaram os escravos, antes de abandoná-los à deriva numa jangada. Depois que tratei de alguns turcos usando mais meu simples bom senso do que qualquer conhecimento de anatomia, e que os ferimentos deles se fecharam por conta própria, todos se convenceram de que eu era mesmo médico. E até alguns dos meus inimigos, que, movidos pela inveja, tinham dito aos turcos que eu não era médico, vinham me pedir que examinasse seus ferimentos à noite, no porão.

Chegamos a Istambul em meio a uma cerimônia impressionante. Alguém me disse que o próprio sultão — na época, ainda um menino — assistia aos festejos. Tinham trazido nossos pavilhões, hasteado suas flâmulas em todos os mastros, e, abaixo delas, exibiam nossas insígnias, crucifixos e imagens da Virgem Maria de cabeça para baixo, para que os rapazes mais violentos da cidade pudessem crivá-los de flechas. De repente, soaram tiros de canhão fazendo tremer céu e terra. A cerimônia, como tantas que eu haveria de acompanhar nos anos posteriores com uma mistura de tristeza, náusea e prazer, durou tanto que muitos espectadores desmaiaram de insolação. No final da tarde, nosso navio lançou âncora diante de Kasımpaşa. Antes que nos apresentassem ao sultão, fomos presos a correntes e nossos soldados foram obrigados a vestir suas couraças de trás para a frente, a fim de ficar com uma aparência ridícula. Prenderam golilhas de ferro ao pescoço dos nossos oficiais, e nos conduziram até o palácio em meio à algazarra triunfante e infernal que produziam soprando com toda a força mas sem arte alguma nas trombetas e clarins que encontraram no nosso navio. O povo da cidade, alinhado ao longo do caminho, contemplava-nos com alegria e curiosidade. O soberano, invisível aos nossos olhos, escolheu seu lote de escravos e mandou que os separassem dos demais. Em seguida, fizeram-nos atravessar o Galata a bordo de caíques e nos enfiaram na prisão do paxá Sadik.

O cárcere era um lugar medonho. Centenas de prisioneiros apodreciam em meio à imundície, encerrados em celas minúsculas e úmidas. Lá encontrei muita gente com quem podia praticar minha nova profissão, e cheguei até a obter algumas curas. Escrevi receitas para carcereiros com dores nas costas ou nas pernas. E assim, ali também, fui de novo separado dos outros e instalado numa cela melhor, que recebia alguma luz do sol. Vendo o que sofriam os demais, eu tentava mostrar-me grato à Providência por minhas condições, quando um belo dia me acordaram ao mesmo tempo que ao restante dos prisioneiros e disseram que eu iria trabalhar juntamente com eles. Quando protestei e disse que era doutor, com conhecimentos de medicina e ciências, a resposta deles foi simplesmente rir na minha cara: era necessário elevar os muros que cercavam o jardim do paxá, e precisavam de homens. Éramos todos presos a uma longa corrente a cada manhã, antes de nascer o sol, e levados para fora da cidade. Quando nos arrastávamos de volta para a prisão ao cair da noite, ainda acorrentados uns aos outros depois de um dia inteiro carregando pedras, eu me dava conta de que Istambul era de fato uma linda cidade mas que nela era melhor ser senhor que ser escravo.

Ainda assim, eu não era um escravo como os demais. Ouviram dizer que era médico, de modo que agora eu cuidava não só dos escravos que apodreciam em suas masmorras como de outros pacientes. A maior parte do dinheiro que recebia pelas consultas, eu tinha de entregar aos feitores de escravos e aos guardas da prisão que me permitiam sair às escondidas. Com o dinheiro que conseguia esconder deles, pagava aulas de turco. Meu professor era um sujeito gentil e mais velho, encarregado de certos negócios menores do paxá. Satisfeito de ver como eu aprendia depressa, dizia que em pouco tempo eu poderia me converter ao islã. Parecia sempre constrangido de aceitar minha paga após cada aula. E eu lhe dava dinheiro também para que me trouxesse comida, pois estava determinado a cuidar bem da minha saúde.

Numa noite de nevoeiro cerrado, o intendente do paxá veio à minha cela, dizendo que seu amo queria me ver. Surpreso e animado, arrumei-me na mesma hora. Achei que um dos meus parentes de mais iniciativa, meu pai talvez, ou meu futuro sogro, pudesse ter pagado meu resgate. Enquanto caminhava pelas ruas estreitas e sinuosas em meio ao nevoeiro, imaginava-me a ponto de chegar de volta à minha casa, prestes a me reencontrar frente a frente com os que me eram próximos, como ao despertar de um pesadelo. Talvez eles tivessem conseguido mandar algum intermediário para negociar minha libertação, e talvez ainda naquela noite, em meio àquele mesmo nevoeiro, eu seria embarcado num navio e mandado de volta para casa. Quando entrei na mansão do paxá, logo percebi que não seria resgatado com aquela facilidade toda. Todos andavam por seus corredores na ponta dos pés.

Primeiro, conduziram-me a um imenso salão, onde fiquei esperando muito tempo até me levarem para uma das salas menores. Havia um homem afável estendido num pequeno divã, debaixo de um cobertor. Havia outro personagem, bem mais forte, em pé a seu lado. O homem deitado no divã era o paxá, que me chamou para perto dele com um gesto. Conversamos, e ele me fez algumas perguntas. Expliquei-lhe que fizera estudos de astronomia, matemática e, em menor medida, de mecânica, mas que também tinha alguma noção de medicina e curara vários pacientes. Ele continuou a me fazer perguntas, e eu me preparava para lhe dar mais explicações quando, dizendo que eu devia ser um homem inteligente para ter aprendido turco tão depressa, acrescentou que tinha um problema de saúde cujo remédio nenhum médico fora capaz de encontrar. Tendo ouvido falar a meu respeito, decidira pôr meus talentos à prova.

Pela maneira como o paxá me descreveu seu problema, eu talvez devesse concluir que se tratava de alguma moléstia rara que tivesse atingido apenas a ele entre todos os homens, porque seus inimigos haviam conseguido enganar a Deus com suas calúnias. Mas sua queixa era de uma simples falta de ar. Interroguei-o longamente, escutei-lhe a tosse, em seguida desci até a cozinha e, com o que lá encontrei, confeccionei algumas pastilhas verdes à base de menta; e preparei também um xarope contra a tosse. Como o paxá temia ser envenenado, tive de engolir na presença dele uma das pastilhas, acompanhada de um trago do xarope. Ele me recomendou que deixasse a mansão tomando muito cuidado para não ser visto e voltasse discretamente para a prisão. E mais tarde o intendente me explicou que o paxá não queria despertar o ciúme dos outros médicos que tratavam dele. Voltei para vê-lo no dia seguinte, escutei sua tosse e tornei a lhe preparar os mesmos remédios. Como uma criança, o paxá ficou encantado com as pastilhas coloridas que pus na palma da sua mão. Enquanto caminhava de volta à minha cela, rezei, pedindo aos Céus que ele melhorasse. No dia seguinte, o vento soprou do norte. Era uma brisa suave e fresca, e achei que qualquer doente haveria de se sentir melhor com aquele tempo, mesmo contra a vontade; mas ninguém veio me buscar.

Um mês depois, quando mandou que me chamassem, outra vez no meio da noite, o paxá estava em pé e aparentemente muito bem-disposto. Fiquei aliviado quando o ouvi repreender alguns dos seus criados, sem nenhuma dificuldade para respirar. Parecia satisfeito de me ver, disse que estava curado e que eu era um bom médico. E perguntou que favor queria dele como recompensa. Eu sabia que ele não podia me libertar de imediato e me mandar de volta para casa. Então, queixei-me da cela e das correntes; expliquei que me esgotavam em vão com trabalhos pesados quando eu poderia ser bem mais útil se me dedicasse à medicina, à astronomia ou a outras ciências. Não sei quanta atenção ele deu ao que eu dizia, e os guardas extorquiram a parte do leão da bolsa cheia de moedas de ouro que recebi.

Passada uma semana, o intendente entrou na minha cela, como sempre no meio da noite, e, depois de me fazer jurar que não tentaria fugir, soltou minhas correntes. Eu continuava a participar dos trabalhos forçados, mas os guardas me davam um tratamento preferencial. Três dias mais tarde, quando o feitor me trouxe roupas novas, percebi que dali em diante estava sob a proteção do paxá.

A partir de então, era conduzido no meio da noite a ricas residências. Preparava medicamentos para velhos piratas assolados pelo reumatismo e para jovens soldados afligidos por dores de estômago. Aplicava sangrias em todos os que se queixavam de pruridos, dor de cabeça, ou cujo rosto apresentasse uma palidez estranha. Certa vez, uma semana depois de ter tomado um dos meus xaropes, o filho gago de um criado começou a falar normalmente e recitou para mim um poema que ele próprio compusera.

E assim transcorreu o inverno. No início da primavera, fiquei sabendo que o paxá, que havia meses não mandava me chamar, estava no Mediterrâneo, no comando da armada. Ao longo dos dias quentes do verão, os poucos que percebiam meu desespero e frustração me diziam que eu não devia me queixar, já que vinha ganhando muito bem com o exercício da medicina. Um ex-escravo que se convertera ao islã vários anos antes, e em seguida se casara, aconselhou-me a tentar fugir. Os turcos, explicou, tinham o costume de manter iludidos com falsas promessas os escravos que lhes eram mais úteis, como faziam comigo, mas nunca deixavam que voltassem ao seu país. O máximo que eu poderia almejar seria a compra da minha própria alforria depois de me tornar muçulmano, como fora o caso dele, e só! Achei que ele podia estar tentando me sondar e lhe disse que não tinha a menor intenção de tentar a fuga. E faltava-me não só a intenção como também a coragem de fugir. Nenhum dos que tentavam a fuga conseguia ir muito longe; todos eram recapturados em pouco tempo, e, depois que esses infelizes eram violentamente flagelados, eu é que ia às suas celas no meio da noite para lhes passar unguento nas feridas.

Pouco antes do outono, o paxá regressou no comando da sua frota; saudou o sultão com várias salvas de tiros, tentou despertar a animação e a alegria na cidade como no ano anterior, mas era óbvio que dessa vez a campanha não fora muito favorável. Só trouxeram pouquíssimos cativos para a prisão. E, depois, ficamos sabendo: os venezianos haviam incendiado seis dos seus navios. Esperando obter notícias do meu país, procurei uma oportunidade de conversar com os novos prisioneiros. Mas eram na maioria espanhóis; calados, assustados e ignorantes, mal tinham forças para mendigar comida ou implorar socorro. Só um deles despertou meu interesse: perdera um braço na batalha, mas conservava a esperança. Contou que um dos seus antepassados sofrera o mesmo infortúnio mas em seguida recobrara a liberdade e sobrevivera para escrever um romance de cavalaria com o braço que lhe restava. Dizia-se convencido de que também conseguiria se salvar e fazer o mesmo. Mais tarde, nos anos em que precisei escrever histórias para sobreviver, pensei muitas vezes nesse homem que sonhava em sobreviver para escrever histórias. Pouco depois disso, uma doença extremamente contagiosa se abateu sobre a prisão, uma epidemia funesta que matou mais da metade dos escravos e da qual só pude me proteger cobrindo meus guardas de subornos em ouro.

Os sobreviventes eram levados para trabalhos forçados do lado de fora, mas a mim não levavam. À noite, quando eles voltavam, contavam-me seu dia: tinham ido até a ponta do Chifre de Ouro, onde os punham para trabalhar em várias tarefas artesanais sob as ordens de carpinteiros, entalhadores e pintores; construíam modelos de papel machê — navios, castelos, torres. E mais tarde soubemos por quê: a filha do grão-vizir estava de casamento marcado com o filho do paxá, que decidira organizar uma cerimônia grandiosa.

Um belo dia pela manhã, fui convocado à mansão do paxá. Lá cheguei pensando que sua falta de ar tivesse voltado. O paxá estava ocupado, recebendo. Mandaram me esperar numa antesala, e me sentei. Após alguns momentos, uma porta se abriu e um homem cinco ou seis anos mais velho que eu entrou no aposento. Olhei para o seu rosto e tive um choque — que me deixou paralisado de terror.

2.

O homem que acabara de entrar na sala era incrivelmente parecido comigo! Era como se fosse eu... e num primeiro momento foi o que pensei. Tive a impressão de que alguém, para se divertir às minhas custas, tivesse me feito entrar novamente na sala pela porta oposta à que eu usara, dizendo: veja, assim é que devia ser sua aparência, por essa porta é que você devia ter entrado, esses gestos é que devia fazer com as mãos, olhando assim para o homem já presente na sala, que o contempla desta maneira. Quando nossos olhos se encontraram, trocamos um cumprimento. Mas ele não parecia nada surpreso. Então, decidi que não éramos tão parecidos, pois ele usava barba; e, além disso, eu tinha a impressão de haver esquecido como era de fato meu rosto. Quando ele sentou diante de mim, percebi que fazia um ano que não me olhava num espelho.

Após alguns instantes, a porta pela qual eu tinha entrado se abriu e o homem foi chamado a entrar. Enquanto eu continuava a esperar, fiquei achando que aquilo tudo não devia ser uma peça ardilosamente tramada para se divertirem às minhas custas, mas alguma ilusão produzida por minha mente atormentada. Pois naquele tempo eu passava os dias imaginando que a qualquer momento me libertavam; que eu voltava para casa, onde todos me recebiam bem; que na verdade eu ainda dormia no camarote do navio e tudo aquilo era um pesadelo — em suma, histórias que inventava para me consolar da minha sorte. E já estava a ponto de concluir que aquela situação era só mais um daqueles devaneios tornado real de algum modo, ou ainda um sinal de que tudo estava prestes a mudar, devolvendo-me à minha triste condição anterior, quando a porta se abriu e fui chamado.

O paxá estava em pé, um pouco afastado do meu sósia. Deixou-me beijar a barra dos seus trajes, e, quando me perguntou como eu vinha passando, tentei lhe falar dos sofrimentos que enfrentava na cela e dizer que queria voltar para o meu país, mas ele nem me dava atenção. O paxá tinha a impressão de lembrar que eu lhe dissera ter alguns conhecimentos no campo das ciências, da astronomia, da mecânica — será que eu sabia também alguma coisa sobre os usos da pólvora e os fogos de artifício? Respondi imediatamente que sim, mas, no instante em que meu olhar cruzou com o do outro homem, suspeitei que estava sendo conduzido a uma armadilha.

O paxá transmitiu-nos suas vontades: o casamento do filho devia ser de um esplendor sem precedentes. Queria também uma queima de fogos de artifício, mas diferente de tudo o que já se vira. Alguns anos antes, por ocasião do nascimento do atual sultão, durante o espetáculo de fogos comandado por um maltês que nesse meio-tempo morrera, o homem parecido comigo e a quem o paxá chamava simplesmente de Hoja, que significa "mestre", havia participado dos trabalhos; de modo que tinha certas noções de pirotecnia, mas o paxá concluíra que eu poderia lhe dar alguma assistência — e que pudéssemos assim nos completar um ao outro. E, se o espetáculo tivesse bom resultado, ele saberia nos recompensar. Pensei que chegara o momento de admitir que meu único desejo era voltar para casa, mas o paxá me perguntou inesperadamente se desde minha chegada eu tivera oportunidade de me deitar com mulheres e, ao ouvir a resposta negativa, perguntou-me de que me adiantaria, afinal, a liberdade se eu não tinha desejo por mulher nenhuma. Usou a mesma linguagem grosseira dos carcereiros da prisão, e devo ter feito um ar de espanto, porque ele se pôs a rir às gargalhadas. Depois, virou-se para o meu sósia, a quem continuava a chamar de Hoja, e definiu que a responsabilidade pelos fogos de artifício era dele. Deixamos a sala.

Na manhã seguinte, enquanto me dirigia à casa do homem parecido comigo, imaginei que não houvesse praticamente nada que eu pudesse lhe ensinar. Mas logo descobri que seu conhecimento não era maior que o meu. E, além disso, estávamos de acordo: o problema residia em lograr obter a mistura canforada na medida certa. Para chegar a ela, nosso trabalho seria preparar com todo o cuidado misturas experimentais cautelosamente controladas com a ajuda de pesos e medidas, detoná-las à noite, à sombra das altas muralhas da cidade em Surdibi, e estudar os efeitos conseguidos. Crianças embasbacadas acompanhavam os movimentos dos nossos criados enquanto eles acendiam as cargas que eu e Hoja tínhamos preparado, e nós dois permanecíamos em pé debaixo de uma árvore, esperando ansiosos pelos resultados, assim como ainda faríamos anos mais tarde, e à luz do dia, quando nos dedicamos à elaboração da nossa arma incrível. Depois dessas experiências, às vezes à luz da lua, outras em plena escuridão, eu tentava anotar todas as minhas observações num pequeno caderno. Antes de nos despedirmos, passávamos sempre pela casa de Hoja, a qual dava para o Chifre de Ouro, e discutíamos detalhadamente os resultados.

A casa era pequena, desagradável e sem atrativos. A entrada ficava numa rua tortuosa, enlameada por um córrego de água suja cuja origem jamais consegui descobrir. Nos cômodos, não havia praticamente móvel algum, mas, toda vez que eu entrava ali, sentia-me oprimido, tomado por uma estranha sensação de asfixia. Pode ser que a sensação de constrangimento viesse daquele homem, que, por não gostar do nome que recebera, herdado do avô, pediu-me que o chamasse de Hoja: ele me observava o tempo todo, como se quisesse aprender alguma coisa comigo mas ainda não soubesse exatamente o quê. Como eu não conseguia me acostumar com os divãs baixos alinhados ao longo das paredes, sempre ficava em pé enquanto discutíamos nossas experiências, às vezes andando nervoso de um lado para outro da sala. E acho que isso agradava a Hoja, que podia ficar sentado e me observar o quanto quisesse, mesmo que à luz fraca de uma lamparina de óleo.

Quando eu sentia o peso dos seus olhos me seguindo, ficava mais intranqüilo ainda, porque ele parecia não ter percebido a semelhança entre nós dois. Uma ou duas vezes, tive a impressão de que ele sabia, sim, o quanto éramos parecidos mas fingia não perceber. Era como um jogo, um teste a que ele me submetesse, adquirindo assim informações que eu não compreendia. Naqueles primeiros dias, ele me observava o tempo todo com toda a atenção, como se aprendesse coisas que lhe despertavam novas curiosidades. Mas parecia hesitar em dar um passo para a frente e aprofundar aquele estranho conhecimento. E era essa contenção que me deixava pouco à vontade, e tornava tão sufocante a atmosfera da casa dele. É bem verdade que aquela sua reserva me deixava um pouco mais confiante, mas isso não me servia de consolo. Uma vez, enquanto discutíamos nossas experiências, e noutra ocasião, quando ele me perguntou por que eu ainda não me convertera ao islã, senti que tentava me atrair contra a vontade para uma discussão e o deixei sem resposta. Ele percebeu minha desconfiança, e por meu lado percebi que ele não tinha o devido respeito por mim, o que me irritou. Naquele tempo, talvez fosse esse o único ponto sobre o qual estávamos perfeitamente de acordo: cada um de nós menosprezava o outro. Mas eu me controlava pensando que, caso conseguíssemos organizar aquela queima de fogos com sucesso, ou ao menos sem muitos estragos, eles talvez me dessem permissão para voltar para casa.

Certa noite, animado pelo sucesso de um foguete que subira a uma altura extraordinária, Hoja me disse que um dia conseguiria fabricar um foguete capaz de chegar até a Lua; o único problema, segundo ele, era calcular a proporção necessária de pólvora e conseguir moldar em metal uma câmara de combustão capaz de tolerar a queima da mistura. Observei que a Lua ficava muito longe, porém ele me interrompeu, dizendo que sabia disso tanto quanto eu mas que não era ela, afinal, o astro mais próximo da Terra? Admiti que ele tinha razão, no entanto ele não se acalmou como eu esperava; pareceu ficar ainda mais agitado, mas não me disse mais nada.

Dois dias depois, no meio da noite, ele tornou a me fazer a mesma pergunta: como é que eu podia ter tanta certeza de que a Lua era o astro mais próximo da Terra? Talvez estivéssemos nos deixando enganar por uma ilusão de óptica. Foi então que lhe falei pela primeira vez dos meus estudos no campo da astronomia e expliquei brevemente as leis fundamentais da cosmografia de Ptolomeu. Notei que ele me ouvia com muito interesse, mas relutava em dizer qualquer coisa que pudesse revelar sua curiosidade. Pouco mais tarde, quando parei de falar, disse-me que também tinha algum conhecimento da obra de Ptolomeu, que chamava de Batlamyus, mas que isso não o impedia de suspeitar que existisse algum astro mais próximo de nós do que a Lua. Perto do amanhecer, ele falava sobre esse astro como se já tivesse provas da sua existência.

No dia seguinte, enfiou nas minhas mãos um manuscrito muito mal copiado. E consegui decifrá-lo, apesar das várias lacunas do meu turco: acredito que se tratava de um resumo do *Almagesto* feito com base não no original mas noutro resumo; a única coisa que me interessou foram os nomes dos planetas em árabe, mas na época eu era incapaz de me deixar absorver muito por aquilo. Quando Hoja viu que eu não me impressionara com o manuscrito, o qual logo pus de lado, ficou furioso. Gastara sete moedas de ouro na compra daquele tratado, contou-me, e o mínimo que eu podia fazer era demonstrar um pouco de modéstia, folhear suas páginas e examiná-lo com mais atenção! Tornei a abrir o manuscrito e, enquanto virava as páginas com a paciência de um estudante obediente, encontrei um diagrama primitivo. Mostrava os planetas, encerrados cada um numa esfera grosseiramente desenhada e dispostos numa certa ordem em relação à Terra. Embora as posições das esferas estivessem corretas, tudo indicava que o ilustrador não tinha a menor idéia da distância que as separava. Então, meu olho foi atraído por um minúsculo planeta situado entre a Terra e a Lua; ao examiná-lo com um pouco mais de atenção, notei, pelo relativo frescor da tinta, que fora acrescentado ao manuscrito bem depois dos outros. Percorri todas as páginas do tratado e o devolvi a Hoja. Ele me disse então que estava decidido a encontrar aquele planeta, e não parecia estar brincando. Deixei-o sem resposta, e caiu um silêncio inquietante, tanto para ele como para mim. Como nunca mais conseguimos mandar um foguete a uma altura que nos reconduzisse à astronomia, não voltamos ao assunto. Nosso modesto sucesso continuou como um acaso cujo segredo jamais pudemos decifrar.

Mas obtivemos resultados muito bons em matéria de intensidade e colorido das explosões dos nossos testes, e sabíamos o segredo do nosso sucesso: numa das casas de vendas de ervas que Hoja percorrera, encontrara um pó cujo nome nem o dono da loja conhecia; concluímos que aquele pó amarelo, responsável por um fulgor soberbo, devia ser uma mistura de enxofre e sulfeto de cobre. Mais tarde, misturamos o pó com todas as substâncias que pudemos imaginar para obter um efeito de maior brilho, mas fomos incapazes de obter algo além de um marrom cor de café e um verde desbotado que mal se distinguiam um do outro. Segundo Hoja, mesmo aquilo era infinitamente melhor que qualquer coisa jamais vista em Istambul.

E assim foi nosso espetáculo na segunda noite dos festejos, na opinião de todos, mesmo dos rivais que fomentavam intrigas pelas nossas costas. Quando nos disseram que o sultão assistia a ele da margem oposta do Chifre de Ouro, fiquei muito nervoso, com um medo terrível de que algo desse errado e que eu fosse precisar de muitos anos para poder voltar ao meu país. E murmurei uma prece quando nos deram a ordem de começar. Primeiro, para dar as boas-vindas aos convidados e anunciar o início da queima de fogos, disparamos uma série de foguetes sem cor que subiram verticalmente para o céu; logo em seguida, acendemos o arco de artefatos giratórios que Hoja e eu chamávamos de O Moinho. Num instante, o céu tingiu-se de vermelho, amarelo e verde, ribombando ao som de explosões tremendas. Foi ainda mais bonito do que eu esperava; à medida que os foguetes se desprendiam e subiam no ar, as rodas do arco adquiriam velocidade, girando e girando até que, de repente, iluminando toda a área ao seu redor com uma luz clara como a do dia, ficaram pairando suspensas no ar, totalmente imóveis. Por um momento, julguei estar de volta a Veneza, aos oito anos, assistindo pela primeira vez a um espetáculo daqueles e muito infeliz porque tinham dado minha roupa vermelha nova, que eu tanto queria usar, ao meu irmão mais velho, que, na véspera, rasgara a dele numa briga. Os fogos de artifício explodiam num tom de vermelho tão intenso quanto o da roupa cheia de botões que eu não pudera usar naquela noite e jurara nunca mais tornar a vestir, do mesmo vermelho dos botões forrados do traje apertado demais para o meu irmão.

Em seguida, acendemos um artefato que chamávamos de A Fonte. Chamas jorraram do topo de uma estrutura fechada da altura de cinco homens; as pessoas da margem oposta devem ter tido uma bela visão da erupção de chamas; e devem ter ficado tão entusiasmadas quanto nós quando foguetes começaram a levantar vôo da boca da Fonte, e não queríamos que aquele entusiasmo cedesse: nas águas do Chifre de Ouro, as jangadas entraram em movimento. Primeiro, foram as torres e fortalezas de papel machê, disparando foguetes de seus bastiões mais altos enquanto se deslocavam sobre as águas, antes de começar a consumir-se em chamas — para todos os efeitos, símbolos das vitórias militares do passado. Quando teve início o desfile da frota do ano em que eu fora capturado, os navios fizeram chover foguetes sobre um veleiro, o que me levou a reviver o dia em que fui reduzido à escravidão. À medida que os barcos de papel machê da frota inimiga ardiam em chamas e afundavam, gritos de "Deus, ó Deus!" erguiam-se das duas margens. Então, soltamos lentamente nossos dois dragões; chamas brotavam-lhes das narinas, da boca escancarada e das orelhas em ponta. Lançamos um contra o outro, e, de acordo com nossos planos, nenhum deles saiu vitorioso do primeiro embate. Avermelhamos ainda mais o céu com foguetes disparados da margem, e, depois que o firmamento escureceu um pouco, nossos homens instalados nas jangadas acionaram as gruas e os dragões passaram a se elevar muito vagarosamente para o céu; agora, todos gritavam de medo e espanto; quando os dragões tornaram a engalfinhar-se com um rugido violento, todos os foguetes das jangadas foram disparados ao mesmo tempo; os pavios que tínhamos colocado no corpo das criaturas devem ter sido acendidos no momento perfeito, porque toda a cena, exatamente como desejávamos, transformou-se num verdadeiro inferno. E entendi que havíamos conseguido o sucesso que planejávamos quando ouvi uma criança gritar e chorar perto de mim; o pai esquecera-se dela, e contemplava boquiaberto aquele céu terrível. Finalmente me deixariam ir para casa, pensei. E, nesse exato instante, a criatura a que eu dera o nome de Demônio surgiu deslizando no meio daquele mar de fogo, em cima de uma pequena jangada negra invisível aos olhos dos espectadores; nós a tínhamos recheado com tantos foguetes que temíamos que a jangada explodisse com nossos homens, mas tudo correu conforme o planejado; enquanto os dragões em luta desapareciam, depois de esgotado seu fogo, o Demônio e seus foguetes, todos acesos ao mesmo tempo, alçaram vôo para o céu; bolas de fogo que brotavam de todas as partes do seu corpo explodiam com estrondo, produzindo clarões no ar. Exultei com a idéia de que, por um momento, tivéssemos conseguido encher de medo toda a cidade de Istambul, um medo que eu também sentia. Tive a impressão de enfim haver encontrado a audácia de fazer o que queria na vida: naquele instante, não me parecia ter importância em que cidade eu estava; eu só queria que aquele demônio permanecesse ali suspenso, jorrando fogo sobre a multidão a noite inteira. No entanto, depois de oscilar um pouco de um lado para outro, ele acabou desabando nas águas do Chifre de Ouro, sem ferir ninguém, provocando gritos de entusiasmo dos espectadores aglomerados nas duas margens. Ainda cuspia fogo da carcaça quando por fim afundou no mar.

Na manhã seguinte, o paxá enviou a Hoja uma bolsa cheia de moedas de ouro, exatamente como nos contos de fadas. Disse que tinha adorado os fogos de artifício mas que ficara um pouco chocado com a vitória do Demônio. Continuamos a fazer queimas de fogos por mais dez noites. Durante o dia, consertávamos os modelos queimados, imaginávamos novos movimentos e mandávamos trazer prisioneiros para encher os foguetes. Um escravo perdeu os dois olhos quando dez sacos de pólvora explodiram em seu rosto.

Depois que acabaram os festejos do casamento, não vi mais Hoja. Eu me sentia mais à vontade por ter escapado dos olhos penetrantes daquele homem curioso que me observava o tempo todo, mas isso não impedia que minha mente rememorasse os dias tão animados que passáramos juntos. Quando eu voltasse para casa, havia de falar com todos sobre aquele homem que se parecia tanto comigo mas, ainda assim, nunca aludia àquela impressionante semelhança. Continuava na minha cela, cuidando dos meus pacientes para passar o tempo. Quando me disseram que o paxá mandara me chamar, tive um sobressalto, quase uma felicidade, e corri para ir vê-lo. Primeiro, ele me fez alguns elogios apressados: todos tinham ficado satisfeitos com os fogos de artifício, os convidados adoraram, eu era muito talentoso etc. etc. E, bruscamente, foi ao ponto e disse que, se eu me convertesse ao islã, ele me libertaria na mesma hora. Fiquei pasmo, estupefato, respondi que queria voltar para o meu país e, na minha insensatez, cheguei até a gaguejar algumas palavras sobre minha mãe e minha noiva. O paxá repetiu o que me propusera, como se não tivesse ouvido minha resposta. Passei um tempo calado. Por algum motivo, pensava em certos amigos meus de infância, garotos preguiçosos e imprestáveis; o tipo de meninos maus capazes de levantar a mão para o próprio pai e detestados por todos. Quando enfim declarei que não abandonaria minha fé, o paxá ficou furioso. Voltei para a cela.

Três dias depois, o paxá tornou a me chamar. Dessa vez, ele estava de muito bom humor. Eu não chegara a uma decisão final, e ainda me perguntava se a conversão poderia ou não facilitar minha fuga. O paxá repetiu a pergunta e acrescentou que ele próprio cuidaria de encontrar uma linda noiva para mim, encarregando-se do meu casamento. Num súbito rasgo de coragem, declarei que me recusava a converter-me, e o paxá, aturdido num primeiro momento, afirmou que eu era um idiota! Afinal, não havia ao meu redor ninguém que pudesse me condenar pela troca de religião. Em seguida, falou-me dos preceitos do islã e, quando terminou, mandou-me de volta para a cela.

Na minha terceira visita, o paxá nem me recebeu. Seu intendente perguntou-me se eu tinha tomado uma decisão, e eu ainda podia ter mudado de idéia, mas não porque quem me perguntava era um criado! Respondi que ainda não estava pronto a abandonar minha fé. O intendente pegou-me pelo braço e desceu as escadas comigo, entregando-me a outro empregado. Era um homem muito alto e delgado como os personagens que às vezes assombravam meus sonhos. Ele também me pegou pelo braço e me conduziu a um canto do jardim, com a compaixão de quem ajuda um convalescente. Um terceiro homem aproximou-se de nós, um homem imenso, real demais para lembrar uma figura de sonho. Os dois homens, cada um dos quais carregava uma espécie de machadinha, pararam ao pé de um muro e amarraram minhas mãos; disseram que o paxá ordenara que eu fosse decapitado ali mesmo se não me convertesse. Gelei de pavor.

Calma, pensei. Os dois me encaravam com um ar compassivo. Eu não disse nada. Que ao menos eles não voltassem a me fazer a pergunta, pensava. Passado um momento, perguntaram-me de novo, e, de repente, minha religião transformou-se numa coisa pela qual eu estava disposto a sacrificar a vida. O que me inspirava algum orgulho e, por outro lado, uma compaixão por mim mesmo semelhante à daqueles dois homens, que, por sua insistência, tornavam mais difícil minha conversão. Enquanto eu fazia o possível para pensar noutra coisa, a imagem que se via pela janela que dava para o jardim nos fundos da nossa casa adquiriu vida diante dos meus olhos: havia pêssegos e cerejas dispostos numa bandeja incrustada de madrepérola em cima de uma mesinha, atrás da mesinha ficava um divã forrado com uma esteira de palha coberta de almofadas de plumas da mesma cor verde da moldura da janela; mais além, vi uma andorinha empoleirada à beira de um poço entre as oliveiras e as cerejeiras. Ao fundo, um balanço amarrado com longas cordas ao galho alto de uma nogueira oscilava de leve a uma brisa que mal se percebia. Quando voltaram a me fazer a pergunta, declarei que não renegaria minha religião. Apontaram para um toco ali perto, forçaram-me a ajoelhar e a nele apoiar a cabeça. Fechei os olhos, mas depois tornei a abri-los. Um dos dois ergueu o machado. O outro disse que eu talvez me arrependesse da minha decisão: os dois me puseram de pé. Eu devia pensar um pouco mais a respeito, sugeriram.

Enquanto eu refletia, puseram-se a abrir uma cova ao lado do toco. Ocorreu-me que pretendiam me enterrar ali mesmo em seguida, e além do medo de morrer comecei a sentir o medo de ser enterrado vivo. Dizia comigo que poderia tomar minha decisão antes que acabassem de cavar minha sepultura, quando eles se limitaram a cavar uma cova muito rasa e logo estavam de novo a meu lado. Nesse momento, percebi como seria idiota morrer ali e cogitei me transformar em muçulmano, mas não tinha mais tempo. Se ao menos pudesse voltar para a prisão, para minha cela querida, com que afinal me acostumara, poderia passar a noite inteira pensando e tomar a decisão certa de me converter, mas não daquela maneira, e não de imediato.

Agarraram-me bruscamente e me levaram para perto do toco, fazendo-me cair de joelhos com um empurrão. Pouco antes de pousar a cabeça no toco, fiquei muito admirado de perceber uma forma humana que se movia entre as árvores, quase como se voasse; era eu mesmo, mas com uma longa barba, e avançava em silêncio, sem tocar o solo com os pés. Tentei me dirigir àquela aparição de mim mesmo que se deslocava entre as árvores, mas não conseguia falar, com a cabeça pressionada contra o toco. Não vai ser muito diferente do sono, pensei, e me entreguei à sorte que me esperava; senti um calafrio nas costas e na nuca; não queria mais pensar, mas pensava, e estava com frio. Então, os dois homens me ajudaram a me levantar, resmungando que o paxá iria ficar furioso. E, enquanto me desamarravam, destrataram-me: eu era um inimigo de Deus e de Maomé. E me levaram de volta para dentro da mansão.

Depois de permitir que eu beijasse a barra dos seus trajes, o paxá tratou-me com gentileza; disse que me estimava por ver que eu me recusava a abandonar minha fé, mesmo correndo o risco de perder a vida. Mas, dali a um momento, começou a me admoestar com raiva, dizendo que eu me obstinava a troco de nada, já que o islã ainda era uma religião superior às demais, e muitas outras coisas de igual teor. Quanto mais me repreendia, mais exaltado ele ficava; declarou que tivera a intenção de me infligir o castigo que eu merecia. Depois, explicou que fizera uma promessa a alguém. Logo entendi que aquilo me pouparia certos sofrimentos, e finalmente concluí que o homem a quem ele fizera aquela promessa e que parecia uma pessoa um tanto bizarra, a julgar pelo que ele dizia, não era outro senão Hoja. E, no mesmo instante, o paxá declarou que me dera de presente a Hoja. Como minha expressão dava a entender que eu não compreendera bem, o paxá explicou-me: a partir de então, eu era escravo de Hoja, a quem ele dera um documento de posse. A partir de então, era dele o poder de me soltar ou não, e ele tinha toda a liberdade de decidir meu destino. Em seguida, o paxá saiu da sala.

Disseram-me que Hoja também estava na mansão, esperando por mim no térreo. E só então entendi que aquele a quem eu vira entre as árvores do jardim era ele. Fomos caminhando até sua casa. Ele me disse que sempre soubera que eu me recusaria a abandonar minha fé. E que até já mandara preparar um quarto para mim na casa dele. Perguntou-me se estava com fome. Ainda sob o efeito do medo da morte, eu não me sentia em condições de comer coisa alguma. Mesmo assim, consegui engolir alguns pedaços de pão e um pouco do iogurte que ele me serviu. Hoja observava satisfeito enquanto eu mastigava. Olhava para mim com o prazer de um camponês que alimenta um belo cavalo recém-adquirido no *bazaar* e pensa satisfeito em todo o trabalho que o animal fará por ele. Tive muitas ocasiões de lembrar aquela expressão com que ele me olhava, até os dias em que se esquecia de mim, mergulhado nos detalhes da sua teoria cosmográfica e no projeto do relógio com que planejava presentear o paxá.

Em seguida, ele me disse que eu devia ensinar-lhe tudo — eis por que pedira ao paxá que lhe desse o escravo que eu era — e que só depois que eu acabasse poderia me dar minha liberdade. E precisei de meses para descobrir o que ele queria dizer com aquele "tudo": eram todas as coisas que eu havia aprendido na escola primária e secundária, à qual ele chamava de *medresse*; todos os meus conhecimentos de astronomia, medicina, engenharia, toda a ciência que era ensinada no meu país! E mais tudo o que estava escrito nos livros que eu guardava na minha cela e que, no dia seguinte, ele mandou um escravo ir buscar; tudo o que eu tinha visto e ouvido, e tudo o que eu tivesse para dizer sobre os rios, as pontes, os lagos, as cavernas e as nuvens e os mares, as causas dos terremotos e das trovoadas... Por volta da meia-noite, acrescentou que se interessava sobretudo pelas estrelas e pelos planetas. O luar entrava pela janela aberta, e ele disse que antes de mais nada precisávamos encontrar provas definitivas da existência — ou da inexistência — daquele pequeno astro entre a Terra e a Lua. Com os olhos devastados de quem vira a morte de perto ainda naquele dia, não tive como não atentar para a semelhança perturbadora que existia entre mim e aquele homem, à medida que Hoja aos poucos deixava de usar a palavra "ensinar": juntos, haveríamos de fazer pesquisas e descobertas, e "progredir".

Assim, como dois estudantes aplicados que se esmeram em todas as tarefas mesmo quando os adultos não estão em casa espiando pela porta entreaberta, como dois irmãos obedientes, pusemo-nos a trabalhar. No começo, eu me sentia mais como o primogênito solícito que se dispõe a passar em revista seus velhos conhecimentos para ajudar o caçula preguiçoso a recuperar o terreno perdido; e Hoja comportava-se como o caçula inteligente que tenta provar que o irmão mais velho não sabe, afinal, muito mais que ele. Na sua opinião, a diferença entre o conhecimento dele e o meu não ultrapassava o número dos livros que ele mandara buscar na minha cela e enfileirar numa prateleira, e de todos os livros de cujo conteúdo eu me lembrava. Com sua fenomenal diligência e rapidez mental, em seis meses ele tinha adquirido suficiente domínio do italiano — que mais tarde haveria de aperfeiçoar — para ler todos os meus livros, e, quando me fez repetir para ele tudo o que eu lembrava, não havia mais nenhum aspecto em que eu lhe fosse superior. No entanto, comportava-se como se tivesse acesso a um conhecimento muito superior, um saber mais "natural" e profundo que todas as coisas contidas nos livros — os quais, por outro lado, eram a seu ver quase todos desinteressantes. Assim, no fim de seis meses, já não éramos dois companheiros que estudavam e progrediam juntos. Era ele quem tinha as idéias, e eu me limitava a lembrar certos detalhes dos seus estudos que só serviam para passar em revista o que ele já sabia.

Na maioria das vezes, essas "idéias", boa parte das quais já esqueci, ocorriam-lhe no começo da madrugada, muito depois de terminarmos a refeição improvisada que fazíamos toda noite e de apagarem as lâmpadas das redondezas, deixando toda a área em torno mergulhada no silêncio. De manhã, ele lecionava na escola primária ligada a uma mesquita a cerca de dois quarteirões de distância, e duas vezes por semana se dirigia a um distrito afastado onde eu jamais estivera e fazia uma visita à sala dos horários de outra mesquita, onde se calculam as horas da chamada para as orações. O resto do tempo, passávamos ou nos preparando para aquelas "idéias" noturnas ou no encalço delas, como caçadores à espreita. Àquela altura, eu ainda tinha a esperança de poder voltar para casa dali a pouco tempo, e nunca discordava abertamente de Hoja, porque sentia que qualquer discussão sobre aquelas suas "idéias", cujos detalhes eu ouvia quase sem interesse, só poderia servir para adiar minha volta para a minha terra.

    E assim passamos o primeiro ano, mergulhados na astronomia, em busca de provas da existência ou inexistência daquele astro imaginário. Mas, enquanto se empenhava no projeto de um telescópio para o qual importara a custo altíssimo lentes de Flandres, com instrumentos de observação, réguas e esquadros, Hoja acabou esquecendo a questão do astro imaginário; decidiu envolver-se com um problema muito mais importante. Iria questionar o sistema de Ptolomeu, disse ele, mas não discutíamos nada; ele falava, e eu escutava; dizia que era uma insensatez acreditar que as estrelas e os planetas estavam suspensos em esferas transparentes; devia haver alguma outra coisa que os sustentava nos céus, uma força invisível, talvez uma força de atração; e em seguida propôs que a Terra, assim como o Sol, podia estar girando em torno de alguma outra coisa, e que talvez todas as estrelas girassem em torno de algum outro corpo celeste de cuja existência não tínhamos conhecimento. Mais tarde, alegando que suas idéias podiam ser bem mais compreensíveis que as de Ptolomeu, estudou uma grande quantidade de estrelas novas reunidas numa cosmografia muito mais vasta, produzindo teorias de um novo sistema; talvez a Lua girasse em torno da Terra, e a Terra, em torno do Sol; o centro do sistema talvez fosse Vênus; mas ele logo se cansou dessas teorias. Chegara ao ponto de afirmar que o problema urgente, agora, não era apresentar essas idéias novas, mas dar conhecimento dos astros e dos seus movimentos aos homens daqui — e estava disposto a começar o trabalho com o próprio paxá Sadik, quando ficou sabendo que este fora banido para Erzurum. Diziam que se envolvera em alguma conspiração abortada.

Nos anos que passamos esperando pelo retorno do paxá, fizemos pesquisas para um tratado que Hoja queria escrever sobre as origens das correntezas do Bósforo. Durante meses, observamos as marés, percorremos os desfiladeiros que ladeiam o estreito, expostos a um vento de gelar até os ossos, e descemos ao fundo dos vales com os potes que carregávamos para medir a temperatura e o fluxo dos rios que desaguavam no estreito.

Quando passamos três meses em Gebze, uma cidade pouco distante de Istambul, aonde fomos, a pedido do paxá, para cuidar de algum negócio seu, as discrepâncias entre os horários das preces indicados pelas diversas mesquitas inspiraram uma nova idéia a Hoja: ele decidiu que iria fabricar um relógio capaz de marcar os horários das preces com uma precisão impecável. Foi a essa altura que lhe ensinei o que era uma mesa. Quando eu trouxe para casa o móvel que mandara um carpinteiro fazer de acordo com minhas especificações, Hoja não gostou. Comparou a mesa a uma das plataformas usadas para lavar os mortos, só que com quatro pés, e disse que devia trazer má sorte. Mas, depois, logo se acostumou tanto com as cadeiras como com a mesa, e declarou que elas lhe permitiam pensar e escrever melhor. Quando tivemos de voltar a Istambul para mandar confeccionar as engrenagens para o relógio das preces num formato elíptico correspondente ao arco descrito pelo Sol, nossa mesa, com as pernas apontando para as estrelas, seguiu-nos no lombo de um jumento.

Naqueles primeiros meses dos nossos trabalhos, os dois sentados um diante do outro à mesa, Hoja empenhava-se em compreender: já que o mundo era redondo, como é que o horário das preces e do jejum devia ser indicado nos países nórdicos, onde a duração do dia e da noite variava tanto, que os homens chegavam a passar anos a fio sem ver a luz do sol? Outro problema era descobrir se haveria algum ponto da Terra onde as pessoas pudessem estar de frente para Meca qualquer que fosse a direção em que se virassem. Quanto mais percebia minha indiferença por esses problemas, que em meu foro íntimo eu, aliás, considerava risíveis, mais Hoja me tratava com desprezo, mas àquela altura eu achava que ele se ressentia da minha "superioridade", da minha "diferença", e que talvez se irritasse porque sabia que eu também tinha consciência delas. Falava tanto da inteligência como do saber; quando o paxá retornasse do exílio, ele haveria de conquistar muito favor graças aos seus planos e ao seu novo sistema cosmográfico, que ele iria desenvolver mais ainda e em seguida tornar ainda mais compreensível por meio de um "modelo". E também, com o novo relógio, haveria de contagiar a todos os seus concidadãos com a curiosidade e o entusiasmo que ardiam dentro dele, haveria de lançar as sementes de um novo início: seguíamos os dois à espera, ele e eu.

3.

Naqueles dias, ele vinha estudando os meios de desenvolver um mecanismo de engrenagens para um relógio de um tamanho tal que só precisasse de corda uma vez por mês, e não uma vez por semana. Depois de desenvolver esse mecanismo, tinha a intenção de inventar um relógio que só precisasse de acerto e corda uma vez por ano. Para tanto, disse ele, era fundamental dispor da energia necessária para acionar as engrenagens desse grande relógio, e, portanto, aumentar o número e o peso das rodas de tais engrenagens em função dos intervalos de tempo previstos entre um ajuste e outro. Nesse ínterim, seus amigos da sala dos horários da mesquita contaram-lhe um dia que o paxá voltara de Erzurum para assumir uma posição ainda mais alta.

Hoja correu na manhã seguinte para apresentar seus cumprimentos ao paxá, que o identificou imediatamente em meio à massa de visitantes e manifestou grande interesse por ele. Perguntou-lhe sobre suas descobertas e até lhe pediu notícias minhas. Passamos aquela noite desmontando e tornando a montar o relógio, acrescentando aqui e ali novos elementos ao nosso modelo do universo, retocando com nossos pincéis as cores dos astros e planetas. Hoja leu para mim certas passagens de um discurso que compusera a duras penas e depois decorara, com a intenção de impressionar profundamente os ouvintes com a força da sua linguagem pomposa e dos seus ornamentos poéticos. Pouco antes de amanhecer, para acalmar os nervos, tornou a declamar para mim aquela peça de retórica sobre a rotação dos astros, mas dessa vez recitou o texto de trás para a frente, como se fossem palavras mágicas. Carregando nossos instrumentos numa carroça que alugara, tomou o rumo da mansão do paxá. Fiquei surpreso ao ver o quanto o relógio e o modelo, que por meses tinham ocupado tanto espaço na casa, agora pareciam mínimos no alto daquela carroça puxada por um único cavalo. Hoja só voltou muito tarde naquela noite.

Logo que descarregou os instrumentos no jardim da mansão e o paxá examinou aqueles estranhos objetos com o ar severo de um velho desagradável que não está para brincadeira, Hoja recitou-lhe o discurso que guardara na memória. E, nesse instante, o paxá lembrou-se de mim, perguntando, com as mesmas palavras que o sultão usaria muitos anos depois: "Foi ele quem lhe ensinou tudo isso?". Foi o único comentário que fez num primeiro momento. E a resposta de Hoja deixou o paxá ainda mais surpreso: "Ele quem?", indagou, antes de perceber que o paxá se referia a mim. Hoja então lhe explicou que eu era apenas um idiota com muita leitura. Enquanto me narrava esse diálogo, nem pensava em mim, e sua mente continuava a refletir sobre o que ocorrera na mansão do paxá. Tinha afirmado com insistência que tudo aquilo fora inventado apenas por ele mesmo, mas o paxá teimava em não acreditar. Parecia que estava à procura de outra pessoa para culpar e que o coração dele se recusava a acreditar que seu amado Hoja fosse capaz daquilo.

E foi assim que acabaram conversando a meu respeito, em vez de discutir astronomia. E logo vi que Hoja não ficara nada satisfeito com aquela escolha de assunto. Houve silêncio enquanto a atenção do paxá era atraída pelos demais convidados que o cercavam. Durante o jantar, quando Hoja fez mais uma tentativa de falar da astronomia e das suas descobertas, o paxá dissera que estava tentando lembrar-se da minha fisionomia mas que, em vez dela, só lhe ocorria o rosto de Hoja. Havia muitas pessoas à mesa, e a conversa desviou-se então para outro assunto: será que os seres humanos eram criados aos pares? Exemplos muito exagerados sobre o tema foram lembrados, gêmeos que as próprias mães não conseguiam distinguir, sósias que eram tomados pelo terror ao se conhecerem mas depois se revelavam incapazes, como que por encanto, de se separarem, bandidos que assumiam o nome de pessoas inocentes e viviam a vida delas. Quando terminaram de jantar e os convidados começaram a ir embora, o paxá pedira a Hoja que ficasse mais um pouco.

Quando Hoja recomeçou a falar, o paxá num primeiro momento parecera um tanto desinteressado, até mesmo contrariado com aquela miscelânea torrencial de informações que lhe soavam incompreensíveis. No entanto, pouco mais tarde, depois de ouvir pela terceira vez o discurso que Hoja decorara tão bem e de ver a Terra e as estrelas, no nosso modelo, deslocando-se perante seus olhos, ele dera a impressão de enfim ter entendido algo — ou ao menos passara a dedicar alguma curiosidade ao que Hoja lhe dizia. Diante disso, Hoja repetiu com veemência que a posição dos astros era aquela, e não a que todo mundo imaginava, e que era daquele modo que eles se moviam. "Muito bem", dissera finalmente o paxá, "já compreendi, é bem possível, por que não, afinal?" Hoja não respondeu.

Imagino que deve ter havido um longo silêncio na sala. Agora Hoja murmurou, olhando pela janela para a escuridão que se estendia acima do Chifre de Ouro: "Por que ele se calou naquele momento, por que não foi mais adiante?". Se aquilo era uma pergunta que ele me fazia, eu, assim como ele, não sabia responder: a bem da verdade, desconfiava que Hoja tivesse uma idéia mais definida das demais coisas que o paxá poderia ter dito, mas ele não se explicou. Parecia aborrecido com o fato de as outras pessoas não compartilharem seus sonhos. Mais tarde, o paxá interessara-se pelo relógio, pedira-lhe que desmontasse a máquina e explicasse a finalidade das engrenagens, do mecanismo e dos contrapesos. Então, muito temeroso, como se chegasse perto da toca escura e repulsiva de uma serpente, encostara um dedo no instrumento que tiquetaqueava impiedosamente e logo em seguida o retirara. Hoja falava-lhe das torres de relógios, enaltecendo o poder da prece caso fosse recitada por todos os fiéis exatamente no mesmo instante, quando enfim o paxá explodira, contrariado. "Livre-se dele!", exclamara. "Pelo veneno, se preferir, ou liberte-o! Assim, vai recuperar sua paz!" Nesse momento, devo ter lançado a Hoja um olhar de medo e de esperança. Pois ele se apressou a acrescentar que não me devolveria a liberdade antes que "eles" entendessem.

Nem lhe perguntei o que "eles" precisavam entender. E talvez eu tenha tido um pressentimento, o medo de descobrir que nem mesmo o próprio Hoja sabia do que se tratava. Em seguida, eles dois tinham conversado sobre outras coisas, enquanto o paxá se limitava a franzir as sobrancelhas e lançar olhares de desdém aos instrumentos dispostos na sua frente. Hoja ficara na mansão até altas horas, persistindo na esperança de que o paxá tornasse a demonstrar algum interesse, embora soubesse que sua presença já não era desejada. Finalmente, carregara os instrumentos na carroça, o que me fez imaginar um desconhecido deitado insone numa das casas ao longo do seu caminho escuro e silencioso de volta para casa: em meio ao estrépito das rodas da carroça, ele ouvia o tiquetaque do imenso relógio e se perguntava o que seria aquele som...

Hoja ficou acordado até o amanhecer. Eu quis trocar a vela, que se extinguia, mas ele me deteve. Eu sabia que esperava que eu dissesse alguma coisa, e comentei: "O paxá vai acabar entendendo". Quando pronunciei essas palavras, ainda estava escuro; talvez ele soubesse tanto quanto eu que eu não acreditava nelas, mas momentos depois tornou a falar. O problema, disse, era desvendar o mistério do que tinha passado pela mente do paxá quando ele se calara.

Decidido a descobrir a resposta, Hoja voltou à casa do paxá na primeira oportunidade. Dessa vez, teve a impressão de que o paxá o recebera de bom humor, dizendo que entendera o sentido dos seus esforços, ou ao menos o fim que ele pretendia atingir. Depois de aplacar assim a inquietação de Hoja, aconselhara-o a trabalhar na produção de alguma arma. "Uma arma que transforme o mundo numa prisão para os nossos inimigos!" Foi o que ele disse, mas sem especificar a que gênero de arma se referia. Em todo caso, deixara claro que, se Hoja canalizasse sua paixão pela ciência para aquela direção, estava disposto a lhe dar todo o apoio. Naturalmente, o paxá não dissera nada sobre a dotação que esperávamos. Limitara-se a entregar a Hoja uma bolsa cheia de moedas de prata. Quando ele chegou em casa, abrimos a bolsa e contamos o dinheiro: eram dezessete moedas — um número estranho! E foi depois de entregar a bolsa a Hoja que o paxá dissera que pretendia convencer o jovem sultão a lhe conceder uma audiência, acrescentando que o menino se interessava por "essas coisas". Nem eu e nem mesmo Hoja, que se entusiasmava com mais facilidade, levamos aquela promessa muito a sério, mas passada uma semana recebemos o aviso. O paxá anunciava-nos que iria nos apresentar — sim, a mim também! — ao sultão, no jantar da quebra do jejum do Ramadã.

Preparando-se, Hoja reviu o discurso que recitara para o paxá e voltou a memorizá-lo, agora modificado para se tornar acessível a um menino de nove anos. Por alguma razão, porém, sua mente continuava concentrada no paxá, e não na audiência com o sultão. Por que o paxá teria se calado? Um dia, ainda haveria de descobrir a resposta. Que tipo de coisa poderia ser a arma que o paxá queria ver criada? Havia pouco que eu pudesse dizer, pois Hoja estava trabalhando sozinho. Enquanto ele ficou trancado em seu quarto até tarde da noite, passei o tempo sentado à toa diante da minha janela, com a mente vazia; já nem sequer me perguntava quando poderia voltar para a minha terra; sonhando de olhos abertos como uma criança tola, eu devaneava, imaginava coisas: não era Hoja quem trabalhava sentado à mesa, mas eu, livre para ir e vir, aonde e de onde me desse vontade, e na hora que eu quisesse!

Então, ao cair da noite, carregamos nossos instrumentos numa carroça e seguimos para o palácio. Eu aprendera a gostar de andar pelas ruas de Istambul, e me sentia um homem invisível que se deslocava como um fantasma entre os plátanos gigantescos, as castanheiras e as olaias dos jardins. Montamos os instrumentos com a ajuda de lacaios no lugar que nos indicaram, no segundo pátio interno do palácio.

O soberano era um menino gentil de faces rosadas e de pouca altura para a sua idade. Manipulou os instrumentos como se fossem os brinquedos dele. Eu não saberia dizer agora se já naquele momento desejei ser um menino como ele e me tornar seu amigo, ou se esse impulso só me ocorreria quinze anos mais tarde, quando voltamos a nos encontrar. O que é certo é que senti na mesma hora que não devia prejudicá-lo de maneira alguma. Hoja foi traído pelos nervos, e não conseguia dizer nada, enquanto os cortesãos que cercavam o sultão esperavam, reunidos com grande curiosidade ao redor dos instrumentos. Por fim, ele começou. Tinha acrescentado elementos totalmente novos ao discurso, e falava das estrelas como se fossem seres vivos e dotados de inteligência. Comparava os astros a criaturas misteriosas e atraentes, com conhecimentos de aritmética e geometria, que se deslocavam aplicando esses conhecimentos. Quando ele percebeu o efeito das suas palavras sobre o menino, que levantava a cabeça de tempos em tempos para contemplar o céu com assombro, seu tom foi ficando mais eloqüente. Eis as estrelas que pendiam das suas esferas giratórias transparentes, representadas naquele modelo, aquele astro era Vênus e se deslocava assim, e a bola maior pendurada ali era a Lua e seguia, como era fácil de ver, um rumo diferente no seu movimento, dizia Hoja, e, à medida que fazia girar os astros, as sinetas presas ao modelo tilintavam com um som agradável; com medo, o pequeno sultão recuou um passo e depois, juntando coragem, aproximou-se novamente daquela máquina sonora como se esta fosse a arca de um tesouro encantado cujo segredo ele se esforçava para decifrar.

Hoje, enquanto reúno minhas memórias e me empenho na invenção de um passado, vejo nessa cena uma imagem de felicidade que mais conviria às fábulas que eu ouvia quando menino e aos autores dos desenhos que as ilustravam. Só faltam, ao fundo, as casinhas de telhados vermelhos que parecem bolos confeitados ou lembram aquelas esferas de vidro onde vemos a neve rodopiar quando as balançamos. O menino começou a fazer perguntas, para as quais Hoja se apressava a dar respostas.

Como as estrelas permaneciam suspensas no ar? Encerradas em esferas transparentes! Do que eram feitas essas esferas? De um material invisível, e por isso eram invisíveis elas também! Mas nunca se chocavam umas com as outras? Não, cada uma se deslocava por uma faixa própria, em camadas diferentes, como naquele modelo! Havia tantas estrelas no céu, por que não havia o mesmo número de esferas? Porque as outras ficavam muito longe! A que distância? Muito longe, a uma distância enorme! Mas as outras estrelas também tinham sinetas que tocavam quando elas se moviam? Não, só prendemos as sinetas no modelo para indicar cada revolução completa das estrelas! E o trovão, tinha alguma relação com aquelas sinetas? Nenhuma! Mas então tinha a ver com quê? Com a chuva! Será que amanhã vai chover? Não, pelo que revelava a observação do céu! E o que o céu tinha a revelar sobre o leão do sultão, o que estava doente? O animal ia ficar bom, mas era preciso ter paciência, e assim por diante.

No momento em que dera seu palpite sobre o leão doente, Hoja mantivera os olhos fixos no céu, como fazia quando falava sobre as estrelas. Depois de voltarmos para casa, ele se referiu a esse detalhe, recusando-se a lhe dar muita importância. A seu ver, o importante não era que a criança fosse capaz de distinguir entre a ciência e o sofisma, mas que ela chegasse a "entender" algumas coisas. E ele insistia nessa palavra, como se eu compreendesse exatamente o que é que a criança devia entender, enquanto eu pensava que, a partir daquele instante, não faria diferença nenhuma se eu me convertesse ou não ao islã. Havia exatamente cinco moedas de ouro na bolsa que nos fora entregue quando saíamos do palácio. E Hoja afirmou que o sultão percebera que havia uma lógica nos movimentos dos astros. Oh, meu sultão! Mais tarde, muito mais tarde, eu haveria de conhecê-lo! E fiquei surpreso ao ver a mesma Lua surgir diante das janelas da nossa casa, eu queria ser uma criança! Hoja, incapaz de se conter, voltou ao mesmo assunto: o caso do leão não tinha a menor importância! O menino gostava de animais, só isso!

No dia seguinte, ele se fechou no seu quarto e começou a trabalhar. Alguns dias depois, tornou a carregar o relógio e as estrelas na carroça, e, sob os olhares desconfiados que espiavam através da treliça das janelas, dessa vez se dirigiu à escola primária. Quando voltou à noite, Hoja tinha um ar infeliz, mas não infeliz a ponto de ele deixar de falar. "Achei que as outras crianças iriam entender, como o sultão, mas estava enganado", disse. Só ficaram assustadas. Quando Hoja fizera perguntas no fim da sua palestra, uma das crianças respondera que do outro lado do céu ficava o inferno, e havia desatado a chorar.

Na semana seguinte, Hoja reforçou sua confiança na inteligência do soberano; rememorou comigo cada momento que passáramos no pátio interno do palácio, pedindo-me que confirmasse suas interpretações; o menino era inteligente, sim; e mesmo na idade dele já sabia pensar, sim; já tinha personalidade suficiente para resistir à pressão dos cortesãos que o cercavam, sim! E foi assim que, muito antes de o sultão começar a sonhar conosco, como haveria de ocorrer em anos posteriores, começamos nós a sonhar com ele. Hoja voltou a trabalhar no relógio; e acho que também pensava no projeto da arma, ou ao menos foi o que disse ao paxá quando este o chamou novamente. Mas percebi que o paxá não correspondia mais às esperanças que Hoja depositara nele. "Ficou igual aos outros", disse. "Já não quer nem aprender o que não sabe!" Uma semana depois, o soberano tornou a convocar Hoja, e ele foi ao palácio.

O sultão recebeu Hoja de ótimo humor. "Meu leão melhorou", disse ele, "exatamente como você previu!" Mais tarde, saíram para os jardins do palácio, seguidos pela comitiva. O soberano, mostrando a Hoja os peixes do lago, perguntou-lhe o que achava deles. "Eram vermelhos", comentou Hoja, quando me contou a história. "E não me ocorreu nenhuma outra coisa para dizer." Mas, no mesmo instante, ele percebeu um certo padrão no movimento dos peixes; era como se tivessem chegado a um acordo depois de discutir seu movimento lá entre eles, tentando torná-lo perfeito. Então, Hoja declarou que achava os peixes "inteligentes". Quando um anão, ao lado de um dos eunucos do harém encarregados de lembrar continuamente ao soberano as recomendações da mãe, riu das suas palavras, o sultão repreendeu-o. E, como castigo, quando todo o grupo tornou a subir nas carruagens, não deixou que aquele anão ruivo se instalasse a seu lado na carruagem imperial.

Em seguida, foram até o hipódromo, onde ficava a Casa dos Leões. Os leões, leopardos e tigres que o sultão mostrou a Hoja um a um estavam acorrentados às colunas de uma antiga igreja. Pararam em frente ao animal cuja cura Hoja tinha previsto, e o menino lhe dirigiu a palavra, apresentando-o a Hoja. Depois, postaram-se diante de outra fera deitada de lado num canto, dessa vez uma leoa, que fedia menos que os demais e estava prenhe. O soberano, com os olhos brilhando, perguntou: "Quantos filhotes esta leoa vai dar à luz, quantos serão machos, e quantos, fêmeas?".

Tomado de surpresa, Hoja reagiu cometendo o que mais tarde me descreveria como "um erro". Respondeu ao sultão que tinha conhecimentos de astronomia mas não era astrólogo. "Mas você sabe muito mais que o astrólogo imperial, Hussein Efendi!", retrucou o menino. Hoja não disse nada, temendo que alguém da comitiva ouvisse sua resposta e a contasse a Hussein Efendi. Mas o soberano, impaciente, insistira: ou sera que Hoja era um ignorante, e no fim das contas observava as estrelas em vão?

Diante disso, Hoja viu-se obrigado a explicar naquela hora ao sultão coisas que só pretendia lhe dizer bem mais tarde: declarou que as estrelas tinham revelado muitas coisas a ele e que havia chegado a conclusões bastante úteis com base nas suas observações. Atribuindo um sentido favorável ao silêncio do soberano, que o ouvia com os olhos arregalados, disse-lhe que era necessário construir um prédio de onde se pudessem observar os astros; um observatório como o que Murat III, avô do seu avô Ahmet I, construíra para o falecido astrônomo Takiyüddin Efendi noventa anos antes e que depois, abandonado, reduzira-se a ruínas. Ou, melhor ainda, poderia mandar construir uma casa da ciência, onde os sábios pudessem se reunir para observar não só as estrelas mas todo o universo, os rios e os oceanos, as nuvens e as montanhas, as flores, as árvores e, é claro, os animais. Comparando em seguida suas observações, poderiam aumentar o saber deles e, assim, desenvolver a inteligência de todos nós.

O sultão ouvira Hoja falar desse seu projeto, do qual eu também ouvia falar pela primeira vez, como se escutasse uma fábula divertida. E, enquanto voltavam para o palácio na carruagem dele, perguntara de novo: "E quantos filhotes você acha que a leoa vai ter?". E Hoja, que tivera tempo de pensar sobre a questão, respondeu: "Vai nascer um número igual de filhotes machos e fêmeas". Em casa, explicou-me que aquela resposta não representava o menor perigo. "Vou acabar com esse menino idiota na palma da mão", disse. "Sou mais esperto que o astrólogo imperial Hussein Efendi!" Fiquei chocado ao ouvi-lo usar tal epíteto para o soberano; por algum motivo desconhecido, cheguei até a me ofender. Naqueles dias, procurava me ocupar com os trabalhos domésticos para combater o tédio.

Mais tarde, Hoja adquiriu o hábito de usar essa palavra como se fosse uma chave mágica capaz de abrir qualquer porta; como eram "idiotas", não olhavam para os astros que se moviam acima da cabeça deles, nem refletiam sobre esses movimentos; como eram "idiotas", perguntavam antes de mais nada qual era a utilidade do que iriam aprender; como eram "idiotas", não se interessavam pelos detalhes de nada e só queriam saber de resumos; como eram "idiotas", eram todos iguais, e assim por diante. Embora poucos anos antes, quando ainda vivia no meu país, eu também me permitisse criticar os outros da mesma maneira, agora não dizia nada a Hoja. Naquele tempo, de toda forma, ele só estava interessado nos seus "idiotas", e pouco se preocupava comigo. A minha idiotia, aparentemente, era de outro tipo; incapaz na época de conter a língua, contei-lhe naqueles dias um sonho que tivera: ele ia ao meu país fazendo-se passar por mim e se casava com a minha noiva; no dia do casamento, ninguém se dava conta de que ele não era eu. Durante os festejos, a que eu assistia de um canto, em trajes turcos, eu me deparava com minha mãe e minha noiva, que me davam as costas sem me reconhecer, apesar das lágrimas que eu vertia e que acabaram por me despertar.

Por essa época, Hoja esteve duas vezes na mansão do paxá. Contrariado por vê-lo desenvolver com o soberano uma relação que escapava ao controle dos seus olhos atentos, o paxá interrogou-o longamente; perguntou muito por mim, e mandara inclusive me investigarem. Mas foi só bem mais tarde, depois que baniram o paxá de Istambul, que Hoja me contou; ainda bem, pois, se eu soubesse, poderia passar meus dias com muito medo de ser envenenado. Não obstante, adivinhei que o paxá estava mais interessado em mim do que no próprio Hoja; sentia que a semelhança entre nós perturbava o paxá ainda mais do que a mim mesmo. Naqueles dias, eu tinha a impressão de que essa semelhança era um mistério que Hoja nunca quereria decifrar e que me conferia uma estranha coragem: às vezes, eu achava que essa semelhança bastaria para me proteger de todos os perigos enquanto Hoja continuasse vivo. E talvez fosse por isso que eu protestava quando ele me dizia que o paxá era mais um "daqueles idiotas" que tanto o irritavam. Eu sentia que ele já não podia viver sem mim, apesar da vergonha que eu também lhe inspirava, o que me inspirou uma ousadia a que eu não estava acostumado. Decidi interrogá-lo sobre o paxá, sobre tudo o que dissera a ele acerca de nós dois, despertando em Hoja uma raiva cuja causa, a meu ver, não era clara nem para ele mesmo. Nessas ocasiões, ele me respondia repetindo obstinadamente que o paxá estava prestes a cair em desgraça, que os janízaros deviam estar planejando alguma revolta, que sentia que vinham tramando uma conspiração nos corredores do palácio. Em tais condições, se fosse o caso de trabalhar numa arma, como sugerira o paxá, o melhor seria construí-la não para algum vizir de poder efêmero, que poderia ser trocado de um dia para outro, mas para o próprio sultão.

Por algum tempo, achei que ele estivesse totalmente absorvido nesse projeto vago de uma nova arma; fazendo muitos planos mas progresso nenhum, pensei. Se estivesse avançando, tenho certeza de que teria me contado alguma coisa, mesmo que só para tentar me humilhar. Caso precisasse saber algo, teria perguntado minha opinião. Uma noite, quando voltávamos daquele lugar em Aksaray aonde íamos a cada duas ou três semanas para ouvir música e nos deitar com as prostitutas, Hoja disse-me que planejava trabalhar até de manhã, e em seguida perguntou alguma coisa sobre as mulheres. Nunca tínhamos conversado a respeito desse assunto. De repente, ele disse: "Preciso pensar...", sem contar no quê; assim que entramos em casa, fechou-se no seu quarto. Fiquei sozinho, no meio dos livros, que àquela altura nem sequer sentia vontade de folhear, pensando em Hoja: trancado no quarto, concentrado naquele plano ou idéia que a meu juízo não conseguiria desenvolver, sentado à mesa com que ainda não se acostumara por completo, os olhos fixos nas páginas em branco diante dele, dominado pela vergonha e pela raiva.

Emergiu do quarto bem depois da meia-noite e, como um estudante constrangido e confuso que precisasse de ajuda para enfrentar algum problema de menor monta, chamou-me timidamente para sentar com ele à mesa, no quarto. "Preciso da sua ajuda", disse abruptamente. "Vamos pensar juntos, não consigo avançar sozinho." Pensei que pudesse estar falando das prostitutas e fiquei algum tempo em silêncio. Quando ele viu meu rosto sem expressão, perguntou-me em tom grave: "Estou pensando nesses imbecis. Por que eles são tão idiotas?". Em seguida, como se já soubesse qual seria minha resposta, acrescentou: "Está bem, digamos que não são idiotas, mas que só está faltando alguma coisa na cabeça deles". Nem perguntei quem eram "eles".

"Será que falta espaço no cérebro deles para armazenar conhecimentos?", perguntou, e correu os olhos à sua volta, como se procurasse a palavra certa. "Deviam ter algum compartimento na cabeça, como as gavetas deste armário, um lugar onde pudessem guardar e arrumar as idéias mais variadas e mais complexas. Mas parece que não têm um lugar assim! Entende o que estou dizendo?" Eu queria crer que tinha entendido alguma coisa, mas não consegui. Passamos um longo tempo sentados em silêncio, um diante do outro. "Quem poderá dizer, afinal, por que cada homem é o que é?", perguntou ele finalmente. "Ah, se você fosse um médico de verdade", continuou, "e pudesse me ensinar como funciona nosso corpo, o interior do nosso corpo e da nossa cabeça!" Parecia um pouco envergonhado. Depois, com um ar de bom humor que achei estar simulando para não me assustar, anunciou-me que jamais iria desistir, que iria até o fim. Por um lado, estava curioso de saber o resultado daquilo tudo e, por outro, pensava ele, não havia outra coisa para fazer. Não entendi nada do que me disse, mas fiquei satisfeito de imaginar que ele aprendera aquilo tudo comigo.

Em seguida, repetiu muitas vezes aquelas palavras, como se nós dois soubéssemos exatamente o que significavam. Mas, apesar da convicção que ele ostentava, tinha o ar do estudante sonhador que faz perguntas o tempo todo; cada vez que ele repetia que estava disposto a ir "até o fim", eu tinha a impressão de ouvir os gemidos tristes ou enraivecidos do amante infeliz que pergunta qual será a razão do seu infortúnio. Ir até o fim... Naquela época, era uma coisa que ele repetia o tempo todo. Por exemplo, no dia em que soube que os janízaros urdiam uma rebelião, ou depois de me contar que seus alunos da escola primária estavam mais interessados nos anjos que nas estrelas. E também logo depois de descartar com raiva, antes mesmo de ler até a metade, um manuscrito pelo qual pagara uma soma considerável, ou quando voltava da sala dos horários da mesquita, depois de se despedir dos amigos, com quem continuava a se reunir apenas por hábito. Quando pegou um resfriado numa casa de banhos mal aquecida e se estendeu na cama com seus livros amados espalhados sobre a colcha florida, ou depois de ouvir a tagarelagem insensata dos fiéis que faziam suas abluções no pátio da mesquita. E no dia em que soube que a armada turca fora derrotada pelos venezianos, ou depois de ouvir com toda a paciência os vizinhos que vinham visitá-lo dizerem que já não era um jovem e precisava se casar. Era o que dizia, e cada vez tornava a repetir: iria até o fim!

E agora me ocorre a questão: quem, depois de ter lido até o fim o que escrevi, depois de acompanhar com toda a paciência meu relato do que aconteceu (ou do que eu talvez tenha imaginado), qual leitor, afinal, poderá dizer que Hoja não cumpriu sua palavra?

4.

Um dia, quase no fim do verão, ouvimos dizer que o corpo do astrólogo imperial Hussein Efendi fora encontrado numa jangada em İstinye, às margens do Bósforo. O paxá finalmente conseguira a *fatwa* que autorizava sua morte, e o astrólogo, incapaz de ficar tranqüilo em algum local discreto, revelara seu esconderijo enviando a torto e a direito cartas que diziam que a morte do paxá Sadik era uma questão de tempo e estava escrita nas estrelas. Quando tentava fugir por mar para a Anatólia, seus algozes alcançaram-lhe o barco e o estrangularam. Assim que Hoja soube que todas as propriedades do astrólogo imperial tinham sido confiscadas, apressou-se em pôr as mãos nos papéis e livros do morto; e, para tanto, gastou todas as suas economias em subornos. Chegou em casa uma noite com uma arca imensa cheia de milhares de páginas; depois de devorá-las todas em apenas uma semana, declarou furioso que teria produzido coisa muito melhor.

E eu procurei lhe dar assistência. Para os dois tratados que ele decidira escrever para o soberano, intitulados O *comportamen-*

to bizarro dos animais e *As curiosas maravilhas das criaturas de Deus*, desenhei os cavalos soberbos, os jumentos, os coelhos e lagartos que conhecera nos vastos jardins e nos campos das nossas terras em Empoli. Quando Hoja observou que minha imaginação era limitada demais, falei-lhe, com base na memória, das rãs francesas de bigodes compridos do lago do nosso jardim, florido de nenúfares, dos papagaios azuis que taramelavam com sotaque siciliano e dos esquilos, que, antes de se acasalarem, passavam horas sentados frente a frente, um catando o pêlo do outro. Dedicamos muito tempo e zelo a um capítulo a respeito da vida das formigas, tema que fascinava o sultão mas sobre o qual ele não podia aprender o bastante, em virtude da limpeza extrema que reinava nos pátios e jardins do palácio.

Ao mesmo tempo que descrevia a vida ordenada e lógica das formigas, Hoja preocupava-se com a educação que devíamos dar ao jovem monarca. Concluindo que nossas formigas pretas nativas eram inadequadas a esse fim, descreveu também o comportamento das formigas vermelhas da América. De onde lhe surgiu a idéia de escrever um livro que fosse irresistível, além de instrutivo, tratando dos males que assolavam os aborígines de pouca inteligência que viviam naquela terra infestada de serpentes chamada América e que eram incapazes de mudar seus costumes: acho que ele nunca teve coragem de concluir esse livro, no qual pretendia contar, como me explicou em detalhes, a história de um rei-menino que acabava morrendo, empalado pelos infiéis espanhóis, porque só pensava em animais e caçadas e não dava a devida atenção à ciência. As ilustrações, que foram pintadas por um miniaturista a quem empregamos para tornar o texto mais inteligível e representavam búfalos alados, bois de seis patas e serpentes de duas cabeças, não satisfizeram a nenhum de nós dois. "Pode ser que a realidade só tivesse duas dimensões no passado, como aqui", declarou Hoja. "Mas hoje tudo é tridimensional, tudo o que existe tem uma sombra, até a mais ordinária das formigas arrasta atrás de si sua sombra por toda parte, como uma irmã gêmea..."

Como fazia tempo que Hoja não recebia notícias do sultão, decidiu pedir ao paxá que, em nome dele, presenteasse o soberano com seus tratados; do que em seguida muito se arrependeu. O paxá deu-lhe um sermão indignado, dizendo que a ciência das estrelas era um saco de tolices, que o astrólogo imperial Hussein Efendi passara dos limites ao se envolver em intrigas políticas. Desconfiava que Hoja estava de olho no posto vago. O paxá acreditava no que chamavam de "ciência", mas para ele a ciência não tinha nada a ver com as estrelas, e sim com as armas! Além do mais, era fácil perceber que o cargo de astrólogo imperial não era auspicioso, pois todos os que o ocupavam acabavam cedo ou tarde tendo morte violenta ou, pior, desaparecendo em pleno ar sem deixar vestígios. Por isso, dizia, não queria que seu amado Hoja, em cujo saber tanto confiava, assumisse aquele posto. De qualquer maneira, o próximo astrólogo imperial seria Sitki Efendi, dotado de uma estupidez e de uma falta de sutileza adequadas à função. O paxá ouvira dizer que Hoja havia se apoderado de toda a biblioteca do falecido astrólogo imperial, mas não queria que ele se interessasse por essas coisas. Hoja respondeu que só se interessava pela ciência e entregou seus tratados ao paxá, pedindo-lhe que os fizesse chegar às mãos do sultão. Naquela noite, ao voltar para casa, Hoja disse-me que, de fato, só se importava com a ciência, mas que faria tudo o que fosse preciso para poder praticá-la. E, antes de mais nada, fez chover maldições sobre o paxá.

Passamos todo o mês seguinte tentando adivinhar qual teria sido a reação do jovem monarca aos animais fabulosos que havíamos escolhido para descrever, enquanto Hoja se perguntava por que ainda não fora chamado ao palácio. Finalmente, foi convidado a participar de uma caçada; dirigimo-nos ao palácio de Mirahor, às margens do rio Kağithane, onde eu assisti a tudo de longe mas ele ficou ao lado do soberano; havia uma verdadeira multidão reunida ali. O guarda-caça imperial tinha se esmerado nos preparativos: lebres e raposas foram soltas, e em seguida galgos foram lançados no seu encalço. Observávamos concentrados a caçada, quando uma das lebres se afastou das demais e se atirou no rio, atraindo a atenção de todos; quando, nadando freneticamente, ela chegou à outra margem, os guarda-caças prepararam-se para soltar mais galgos do lado de lá, mas mesmo nós, ao longe, pudemos ouvir o soberano impedi-los com as palavras: "Poupem a vida da lebre". No entanto, um cão feroz que não fazia parte da matilha surgiu na margem oposta; a lebre tornou a pular na água, mas ele conseguiu capturá-la. Os guarda-caças precipitaram-se para resgatá-la das presas do cão e a levaram à presença do sultão. O menino mandou examinar o animal e ficou satisfeito ao ver que ele não sofrera nenhum ferimento mais sério; ordenou que levassem a lebre ao alto da montanha e a libertassem. Todos os participantes da caçada — entre os quais reconheci Hoja e o anão de cabelos ruivos — reuniram-se em torno do soberano.

Naquela noite, Hoja explicou-me o que tinha acontecido: o sultão perguntara à sua comitiva qual devia ser a interpretação daquela ocorrência. Quando chegou a vez de Hoja falar, ele disse o seguinte: inimigos haveriam de surgir de onde o monarca menos esperava, mas ele iria superar aquelas ameaças sem sofrer sequer um arranhão. Quando os rivais de Hoja, entre eles o novo astrólogo imperial, Sitki Efendi, criticaram tal interpretação por invocar o perigo da morte — e chegando ao ponto de colocar no mesmo plano o soberano e uma lebre! —, o sultão mandou que todos se calassem, dizendo que jamais esqueceria aquelas palavras de advertência. Mais tarde, enquanto viam uma águia negra atacada por falcões lutar desesperada em defesa da sua vida, e depois de assistirem à morte dolorosa de uma raposa despedaçada por mastins implacáveis, o sultão anunciou que sua leoa tivera dois filhotes, um macho e uma fêmea, em mesmo número, como Hoja previra. Disse ainda que havia adorado os bestiários de Hoja, perguntando em seguida sobre os touros de asas azuis e os gatos cor-de-rosa que viviam nas margens do Nilo. Hoja sentiu-se tomado por uma estranha mistura de triunfo e medo.

Foi só muito mais tarde que ouvimos falar dos tristes acontecimentos do palácio; a avó do sultão, a sultana Kössem, tinha tramado uma conspiração com os *aghas* dos janízaros, com o intuito de matar o jovem soberano e a mãe dele, fazendo subir ao trono em seu lugar o príncipe-herdeiro Süleyman, mas o plano dera errado. Espancaram a avó até o sangue lhe jorrar das narinas e dos ouvidos, e depois a estrangularam. A essa altura, Hoja só saía de casa para dar suas aulas na escola e freqüentar a sala dos horários da mesquita: foi aí que soube das notícias do palácio, pelas histórias que lhe contaram os "idiotas" com quem se encontrava.

No outono, por algum tempo, Hoja cogitou voltar a trabalhar nas suas teorias cosmográficas, mas logo perdeu o ânimo; precisava de um observatório; além disso, os "idiotas" daqui eram tão indiferentes às estrelas quanto elas aos "idiotas". O inverno chegou, o céu cobriu-se de nuvens negras e pesadas, e um dia ficamos sabendo que o paxá fora demitido das suas funções. Também ele deveria ter sido estrangulado, mas a mãe do sultão não consentira, e, em lugar de morrer, ele fora banido para Erzinjan e lhe confiscaram as propriedades. Não tivemos mais nenhuma notícia dele até sua morte. E Hoja declarou que, a partir de então, já não temia homem nenhum e não devia nada a mais ninguém. Quando disse essas palavras, não sei o quanto ele considerava ter aprendido ou não alguma coisa comigo. Mas afirmava que já não temia nem o menino nem sua mãe. Todas as palavras dele ilustravam o velho provérbio turco: "Ser o primeiro no governo, ou ser atirado aos abutres como carniça!". Mas passávamos nosso tempo sentados em casa, quietos como dois cordeiros, entre nossos livros, conversando sobre as formigas vermelhas da América e sonhando em escrever um novo tratado a respeito delas.

Permanecemos todo aquele inverno — como tantos invernos precedentes e tantos ainda por vir — fechados em casa, e nada acontecia. Nas noites gélidas em que o vento norte entrava pela chaminé e por baixo das portas, ficávamos sentados no andar térreo da casa, conversando até o amanhecer. Hoja não me menosprezava mais, ou ao menos já não se dava o trabalho de simular menosprezo por mim. Atribuí aquela aproximação entre nós dois ao fato de que ninguém — nem do palácio nem dos círculos palacianos — se interessava mais por ele. Às vezes, eu me perguntava se ele percebia tanto quanto eu a incrível semelhança física entre nós dois: será que, ao olhar para mim, ele se via? E o que pensaria nesses momentos? Havíamos terminado nosso segundo tratado sobre os animais, mas a obra ficara abandonada na nossa mesa. O paxá fora exilado, e Hoja repetia que não estava disposto a suportar os caprichos de quem quer que fosse, muito menos das pessoas com acesso ao palácio. De tempos em tempos, estimulado pelo tédio dos dias que passava entregue ao ócio, eu folheava nosso tratado, contemplando os gafanhotos roxos ou os peixes voadores que tinha desenhado, e me perguntava o que o sultão haveria de pensar quando lesse aquele livro.

Só quando a primavera chegou é que Hoja foi finalmente chamado ao palácio. Pelo que me contou, o menino ficou muito satisfeito de vê-lo; segundo ele, cada gesto que fez e cada palavra que disse mostravam que nunca deixara de pensar em Hoja, mas que as pressões dos "idiotas" da corte o impediram de procurá-lo. Logo em seguida, o soberano aludiu à intriga montada por sua avó, lembrando que Hoja tinha previsto aquele perigo, antecipando que o sultão sobreviveria ileso. Naquela noite, no palácio, ao ouvir os gritos dos traidores que haviam planejado assassiná-lo, o menino não sentira medo nenhum, porque se lembrara do cão feroz que não conseguira ferir a lebre com suas presas afiadas. Depois dessas palavras de louvor, o sultão determinara que Hoja passaria a receber a renda de terras bem situadas. Hoja acabou indo embora do palácio antes de poder fazer novas previsões; disseram-lhe que precisava esperar até o fim do verão para receber a concessão.

Enquanto esperava, contando antecipadamente com a renda das terras, Hoja projetou construir um pequeno observatório no seu jardim; calculou o tamanho das fundações que precisavam ser cavadas e o preço dos instrumentos que pretendia instalar no observatório, mas muito depressa se cansou do projeto. Acabara de encontrar, numa loja de livros antigos, um manuscrito extremamente mal copiado contendo os resultados das observações do astrônomo Takiyüddin. Passou dois meses verificando a exatidão daquelas observações, mas no final desistiu com grande frustração, pois não conseguia determinar quanto das discrepâncias se devia às limitações dos seus instrumentos de pior qualidade e quanto se devia a erros do próprio Takiyüddin ou ainda a ocasionais descuidos do copista. O que o irritava mais que tudo eram os versos rimados que um dos ex-proprietários do manuscrito rabiscara ao lado das colunas trigonométricas calculadas em graus de sessenta. Baseando-se nos valores numéricos das letras do alfabeto, ou em algum outro método do mesmo quilate, o antigo dono do livro tinha registrado suas modestas previsões quanto ao futuro: acabaria gerando um filho homem depois de quatro mulheres; uma epidemia de peste assolaria a cidade, separando os inocentes dos culpados; seu vizinho, chamado Bahaeddin Efendi, haveria de morrer de peste. Embora num primeiro momento Hoja tenha achado alguma graça nesses vaticínios, logo foi tomado pelo desespero. E entregava-se ao seu novo hábito, de falar do "conteúdo" da nossa cabeça, com uma segurança estranha e inquietante: era como se falasse sobre uma arca cuja tampa pudéssemos tirar para olhar o que havia lá dentro, ou sobre os armários da nossa sala.

A concessão prometida pelo soberano não chegou nas últimas semanas do verão nem no começo do inverno. Na primavera seguinte, disseram a Hoja que uma nova escritura de doação estava sendo preparada e que ele precisava esperar. Durante esse tempo, volta e meia ele era convidado para ir ao palácio, embora não com muita freqüência, para apresentar suas interpretações de fenômenos como o de um espelho que rachara sozinho, o de um relâmpago verde que atingira o mar aberto perto da ilha de Yassı, o de uma jarra de cristal cor de sangue, cheia de suco de cereja, que sem motivo se espatifara em mil pedaços e para responder às perguntas do soberano sobre os animais de que falava nosso último tratado. Ao voltar para casa, Hoja explicava-me que o sultão estava chegando à puberdade, a fase da vida em que qualquer homem é mais influenciável; logo ele teria aquele menino na palma da mão!

E foi com essa finalidade que Hoja começou a escrever um novo livro. Eu lhe contara a história da queda dos astecas e das memórias de Cortés, e mesmo antes disso ele já vinha pensando na história de um infeliz rei-menino que acabava empalado por não ter dado o devido valor à ciência. Nessa época, Hoja falava muito dos homens malvados e imorais que, com seus canhões e máquinas de guerra, suas armas e suas histórias para boi dormir, emboscavam os homens honrados que viviam entregues a uma doce indolência, submetendo-os assim à sua vontade; mas, por um bom tempo, não me mostrou nada do que escrevia trancado no seu quarto. Eu sabia que esperava que eu tomasse a iniciativa de demonstrar algum interesse, mas naqueles dias minhas intensas saudades do meu país haviam me afundado bruscamente no mais extremo desespero; o que só aumentava meu ódio por ele. E por isso suprimi minha curiosidade, e fingi indiferença às conclusões que seu intelecto criativo sabia extrair do que eu lhe contara ou dos livros sujos de encadernação rasgada que ele lia porque conseguia comprar por bom preço. Assim, pude observar com um prazer vingativo enquanto, dia após dia, ele ia perdendo a confiança, primeiro em si mesmo e depois no que vinha tentando escrever.

Ele subia para o andar de cima, para o quartinho que transformara em seu escritório pessoal, sentava-se à mesa que eu mandara construir e ficava pensando, mas eu sentia que não conseguia escrever nada; ou melhor, eu tinha certeza. Sabia que ele não ousava escrever sem antes ouvir minha opinião sobre suas idéias. O que o levava a perder a confiança não era exatamente a necessidade de conhecer meus modestos pensamentos, que, aliás, ele fingia desprezar. No fundo, o que ele queria era saber o que pensavam os homens que eram como eu, os "outros", os homens que haviam me ensinado toda a ciência que enchia aqueles compartimentos, aquelas gavetas organizadas da minha cabeça. Que pensariam eles, aqueles "outros", se estivessem no lugar dele? Era isso que ele morria de vontade de me perguntar, mas não se atrevia a fazê-lo. Quanto tempo esperei que, engolindo seu orgulho, ele juntasse coragem de me fazer essa pergunta! Mas ele nunca a fez. Abandonou após pouco tempo aquele livro, que eu nunca soube se acabara de escrever ou não, e logo voltou às suas antigas perorações sobre os "idiotas". Para poder chegar à ciência, antes de mais nada ele precisava analisar a causa daquela "idiotia"; precisava saber por que motivo o interior do cérebro deles era como era e tirar suas conclusões! Eu dizia comigo que era o desespero que o levava a remoer interminavelmente aquelas mesmas idéias; só porque os favores que esperava do palácio não chegavam nunca. O tempo passava em vão. A puberdade do monarca, afinal, não lhe valera de nada.

Mas, no verão anterior à nomeação do paxá Köprülü Mehmet para o posto de grão-vizir, Hoja finalmente recebeu sua concessão, e era a que ele próprio talvez tivesse escolhido: o sultão concedia-lhe a renda combinada de dois moinhos próximos a Gebze, além da produzida por duas aldeias a uma hora de viagem daquela cidade. Fomos até Gebze na época da colheita, alugando a mesma casa do passado, que por sorte estava vazia, mas Hoja parecia ter esquecido os meses que passáramos lá, os dias em que ele olhava com profundo desgosto para a mesa que eu trouxera da oficina do carpinteiro. Aparentemente, suas lembranças tinham envelhecido e ficado feias, como ocorrera com aquela casa: de todo modo, ele vivia consumido por uma impaciência que lhe tornava impossível pensar em qualquer coisa do passado. Em várias ocasiões, saiu para inspecionar suas aldeias; informou-se sobre a renda que haviam produzido nos anos anteriores e, inspirado pelo método do paxá Tarhuncu Ahmet, de que ouvira falar em conversas com seus amigos da sala dos horários da mesquita, anunciou que inventara um novo sistema de escrita contábil, mais simples e muito mais compreensível.

Mas a originalidade e a eficiência dessa inovação, na qual nem ele próprio acreditava muito, não lhe bastaram: as noites em claro que passava sentado no jardim atrás da velha casa contemplando as estrelas tornaram a avivar sua paixão pela astronomia. Estimulei-o por algum tempo, acreditando que ele poderia levar suas teorias um passo adiante, mas a intenção dele não era fazer observações nem usar a mente para refletir: convidou para ir a nossa casa os jovens mais inteligentes que conhecera nas aldeias e por toda a Gebze, anunciando que pretendia ensinar-lhes a mais alta das ciências, e instalou para eles no jardim o modelo mecânico das estrelas e planetas que me mandou ir buscar em Istambul. Consertou as sinetas, lubrificou as engrenagens e, uma noite, animado por uma esperança e uma energia que não sei de onde tirava, apresentou-lhes com grande entusiasmo, sem omissão ou erro, a teoria dos movimentos celestes que expusera anos antes, primeiro ao paxá e depois ao sultão. Mas bastou encontrarmos na manhã seguinte um coração de carneiro na soleira da nossa porta, ainda quente e sanguinolento, acompanhado de uma maldição escrita, para ele finalmente perder as últimas esperanças que ainda tinha no estudo da astronomia e em todos aqueles jovens que haviam deixado nossa casa à meia-noite sem lhe fazer nenhuma pergunta.

Mas nem por isso ele se abateu com aquele malogro. É claro que aqueles jovens jamais teriam condições de compreender os movimentos da Terra e dos astros! E, por enquanto, nem mesmo precisavam compreendê-los. A pessoa que precisava compreendê-los já quase ultrapassara a puberdade e talvez tivesse nos procurado na nossa ausência; podíamos estar perdendo boas oportunidades naqueles confins em razão das poucas moedas de cobre que a colheita nos renderia. Acertamos nossas contas, contratamos dentre aqueles jovens o que tinha a aparência mais inteligente para ser nosso intendente e voltamos para Istambul.

Os três anos seguintes foram os piores que passamos. Cada dia, cada mês, era idêntico ao anterior, cada estação, uma reprise enjoativa e exasperante de alguma estação já vivida; era como se víssemos, com tristeza e desespero, a repetição das mesmas coisas, esperando em vão por alguma calamidade cujo nome desconhecíamos. Como no passado, Hoja de tempos em tempos ainda era convocado ao palácio, onde esperavam que produzisse interpretações insípidas e inofensivas; como no passado, ainda se reunia com seus sábios amigos na sala dos horários da mesquita nas tardes de quinta-feira; como no passado, ainda via seus alunos toda manhã e batia neles com uma vara, embora menos regularmente que antes. Como no passado, ainda se obstinava em resistir aos vizinhos que de vez em quando vinham procurá-lo com ofertas de matrimônio, embora com menos convicção que antes; como no passado, ainda se resignava a ouvir a música de que dizia já não gostar para poder se deitar com as mulheres; como no passado, às vezes ainda parecia sufocar com o ódio que sentia por seus "idiotas" e, como sempre, trancava-se no quarto dele, estendia-se na cama e, depois de folhear irritado os manuscritos e livros empilhados à sua volta, ficava à espera, olhando fixo para o teto horas a fio.

O que aumentava ainda mais sua infelicidade eram as vitórias do paxá Köprülü Mehmet, cujas notícias lhe chegavam pelos amigos da sala dos horários da mesquita. Quando ele me contava que a armada derrotara os venezianos, que as ilhas gregas de Tenedos e Limnos haviam sido recapturadas ou que o paxá rebelde Abaza Hasan fora esmagado, acrescentava que aqueles eram apenas os últimos sucessos, coisa sem futuro, comparáveis aos derradeiros arrancos desesperados de um aleijado que dali a pouco estaria devidamente imerso no lodo da idiotice e da incompetência: parecia estar à espera de algum desastre que pudesse acabar com a monotonia daqueles dias, os quais nos deixavam ainda mais exaustos por se repetir infindavelmente. E o pior era que ele já não conseguia afastar da mente aquelas idéias sombrias, pois já não tinha a paciência e a confiança indispensáveis para se concentrar naquela coisa que se obstinava em chamar de "ciência", nada que o distraísse: incapaz de conservar por mais de uma semana o entusiasmo pelo que quer que fosse, ele logo se lembrava dos seus "idiotas" e esquecia todo o resto. Será que todas as reflexões que já fizera sobre o saber não bastavam para aquelas pessoas? Será que valeria a pena cansar tanto os miolos por causa delas? Ficar tão furioso? E talvez, como só fazia pouco tempo que aprendera a se diferenciar delas, ele já não fosse capaz de reunir as forças nem o desejo de mergulhar nos detalhes daquela ciência. Não obstante, começara a crer que era diferente dos demais.

O primeiro frêmito em que ele viu a si próprio com clareza se deveu ao mero tédio. Àquela altura, como não conseguia se concentrar em nada por muito tempo, passava os dias como as crianças mimadas e estúpidas, incapazes de se divertir sozinhas, andando de quarto em quarto da casa, subindo e descendo as escadas de um andar para outro, olhando para a rua ou para o jardim pela janela, com um olhar vazio de expressão. Quando vinha me procurar, entre essas infindáveis e enlouquecedoras andanças de um lado para outro que faziam gemer e estalar em protesto o piso de madeira da casa, eu sabia que esperava que o distraísse com alguma anedota, alguma idéia nova ou ainda uma palavra de estímulo. Mas, como eu não havia perdido nada, apesar da sensação de derrota com que vivia, da raiva e do ódio que ele me inspirava e não haviam perdido nada da sua força, nunca dizia o que ele queria ouvir. Não pronunciava as palavras que ele esperava mesmo quando, engolindo seu orgulho, ele se dirigia a mim com alguma deferência: não dizia o que ele queria ouvir quando me trazia do palácio notícias que pareciam auspiciosas, ou quando me falava de uma nova idéia que tivera e podia conduzir a resultados concretos se conseguisse levá-la adiante; ou eu fingia que não tinha ouvido, ou tratava de arrefecer de imediato seu entusiasmo enfatizando o quanto me parecia banal o que dissera. Era um grande prazer vê-lo se debater no vazio e no desespero.

Mais tarde, porém, foi nesse mesmo vazio que ele encontrou a idéia nova de que precisava; talvez porque tenha aprendido a solidão, talvez porque sua mente, incapaz de se concentrar nos pormenores de algum assunto, não tenha conseguido escapar da própria impaciência. Foi só então que lhe dei uma resposta — queria estimulá-lo —, e a idéia que lhe ocorreu despertou também meu interesse; ou talvez ainda, a essa altura, eu tenha pensado que assim poderia atrair sua atenção. Uma noite, os passos de Hoja fizeram ranger o piso da casa até o meu quarto, e, quando, como se fizesse a mais comum das perguntas, ele me disse: "Por que eu sou quem sou?", resolvi de repente estimulá-lo e tentei lhe dar uma resposta.

Depois de responder que não sabia por que ele era quem era, acrescentei que aquela era uma pergunta que os "outros" costumavam se fazer sempre, e cada vez mais. Quando falei, não me ocorreu nenhum exemplo que eu pudesse dar, nenhuma teoria que me apoiasse; nada, só o desejo de dar à sua pergunta a resposta que ele desejava, talvez porque intuísse que ele iria apreciar aquele jogo. E ele ficou muito surpreso. Fitava-me com grande curiosidade e queria me ouvir continuar; quando eu não disse mais nada, ele não conseguiu se conter e me pediu que repetisse o que dissera: quer dizer que eles, os "outros", costumavam se fazer aquela pergunta? Quando me viu sorrir afirmativamente, ficou muito irritado: mas ele não havia me feito aquela pergunta porque achava que os "outros" a faziam, tinha perguntado por sua própria conta, sem saber que também costumavam fazê-la. Pouco se lhe dava, aliás, o que os "outros" faziam. Então, com uma expressão estranha, disse-me: "Tenho a impressão de que uma voz murmura o tempo todo uma canção no meu ouvido". Aquela voz misteriosa o fizera pensar no seu amado pai, que também ouvira uma voz como aquela antes de morrer — mas que cantava para ele canções de todos os tipos. "Já a minha voz só fica repetindo o mesmo refrão", disse, e, com ar um tanto encabulado, acrescentou: "Eu sou o que sou, eu sou quem sou, ah!".

Quase soltei uma gargalhada, mas controlei meu impulso. Se ele estivesse brincando, estaria rindo; mas não ria. Percebia, contudo, que se encontrava à beira do ridículo. Queria que eu lhe mostrasse que tinha uma idéia daquele absurdo mas que também entendia o significado do refrão; por enquanto, porém, eu queria que ele continuasse a falar. Observei que ele devia levar o refrão a sério; é claro, o cantor que lhe murmurava a canção era apenas ele mesmo. Ele deve ter enxergado alguma sugestão de ironia no que eu disse, porque ficou irritado: ele sabia perfeitamente que era ele mesmo; o que o intrigava era outra coisa: por que a voz insistia em repetir aquela mesma frase?

Era o tédio. Não respondi nada, porque ele estava muito agitado, mas, para falar com franqueza, foi o que pensei: eu sabia, com base não só na minha própria experiência mas também na dos meus irmãos e das minhas irmãs, que o tédio, observado sobretudo nas pessoas egoístas, pode levar a resultados muito produtivos quando não redunda apenas em coisas sem sentido. E expliquei que ele não devia se perguntar por que ficava ouvindo aquele refrão, e sim o que ele significava. Nesse momento, ocorreu-me que ele poderia enlouquecer por falta de algo em que se concentrar; e que eu poderia assim, observando o que sucedia com ele, escapar ao peso do meu próprio desespero e das minhas manias; poderia até adquirir uma admiração autêntica por ele: se ele conseguisse encontrar uma resposta para sua pergunta, alguma coisa real ainda poderia acontecer nas nossas vidas. "E o que devo fazer, então?", perguntou ele finalmente, desamparado. Respondi que ele devia pensar por que motivos ele era quem era. Mas não lhe recomendava aquilo com a presunção de poder lhe dar algum conselho; não tinha como ajudá-lo, era uma coisa que só ele podia fazer. "E o que devo fazer, então? Olhar-me num espelho?", perguntou ele em tom sarcástico. Mas não me parecia nem um pouco aliviado. E não respondi nada, dando-lhe tempo para pensar. "Será que devo me olhar no espelho?", repetiu. De repente, fiquei irritado e concluí que Hoja nunca seria capaz de nada por conta própria. Queria que ele soubesse disso, queria dizer na sua cara que sem mim ele era totalmente incapaz de refletir sobre qualquer coisa, mas não tive coragem. Com um ar de indiferença, disse-lhe que devia mesmo ir se olhar no espelho. Não, não foi nem sequer coragem que me faltou, só vontade. Ele ficou furioso, e saiu batendo a porta e gritando que eu era um idiota.

Três dias depois, quando voltei ao assunto e percebi que ele ainda queria conversar a respeito dos "outros", fiquei satisfeito em levar o jogo adiante; qualquer que fosse o resultado, eu sentia esperança só de ver Hoja ocupado com alguma coisa. E disse a ele que os "outros" se olhavam no espelho com freqüência muito maior que as pessoas daqui. Não só os palácios de reis, príncipes e nobres, mas as casas das pessoas comuns eram cheias de espelhos elegantemente emoldurados e pendurados nas paredes. Não era apenas por isso que os "outros" progrediram na matéria, como também por pensar constantemente em si mesmos. "Em qual matéria?", perguntou ele, com uma ansiedade e uma inocência que me surpreenderam. Achei que ele levava a sério demais o que eu dissera, mas em seguida ele sorriu e disse: "Quer dizer que eles passam o dia inteiro se olhando no espelho, desde manhã até de noite?". Era a primeira vez que zombava abertamente das pessoas de quem eu fora separado de maneira brutal. Furioso, procurei alguma resposta ofensiva que pudesse lhe dar e que o magoasse, e bruscamente, sem pensar, sem nem mesmo acreditar que dizia aquilo, declarei que só o próprio homem poderia refletir sobre quem ele era, mas que ele, Hoja, não tinha a coragem necessária para tentar. Deu-me prazer ver seu rosto se contorcer de dor.

Mas esse prazer me custaria caro. Não porque ele ameaçasse me envenenar; alguns dias depois, ele exigiu que eu desse provas daquela coragem que o acusava de não ter. Num primeiro momento, tentei responder brincando: ninguém podia descobrir quem era, nem pensando no assunto, nem se olhando no espelho; eu dissera aquilo só para irritá-lo, porque ficara com raiva. Mas ele não pareceu acreditar: ameaçou reduzir minha comida e até mesmo me trancar no meu quarto, se não lhe desse provas da minha coragem. Eu precisava descobrir quem eu era e anotar tudo o que pensasse a respeito disso. Ele queria ver como se devia fazer aquilo e se eu era corajoso para tanto.

5.

Num primeiro momento, escrevi algumas páginas sobre minha infância feliz na companhia dos meus irmãos e irmãs, da minha mãe e da minha avó na nossa propriedade de Empoli. Não sabia exatamente por que escolhera escrever sobre essas lembranças específicas como forma de descobrir por que eu era quem era; talvez tenha sido impelido pela saudade que devia sentir da felicidade daquela vida que perdera; e Hoja havia me pressionado tanto, depois do que eu lhe dissera num rompante, que me vi obrigado, assim como me ocorre agora, a sonhar alguma coisa que meu leitor julgasse crível, tentando tornar os detalhes interessantes. Mas no início Hoja não gostou do que escrevi; qualquer um podia escrever aquelas coisas, disse ele; duvidava muito que fosse naquilo que as pessoas pensavam quando se contemplavam no espelho, porque não podia ser dessa coragem que eu dissera que ele carecia. E reagiu da mesma maneira quando leu a história de como eu me deparara inesperadamente com um urso numa expedição de caça nos Alpes com meu pai e meus irmãos, e de como tínhamos permanecido frente a frente, fitando-nos por muito tempo; e também quando leu como eu me sentira à beira do leito de morte do nosso querido cocheiro, que fora pisoteado por seus próprios cavalos diante dos nossos olhos: qualquer um podia escrever aquelas coisas.

Respondi que era isso que os "outros", as pessoas de "lá", faziam: antes eu tinha exagerado, porque estava com raiva, e Hoja não deveria exigir mais de mim. Mas ele nem me escutava; tive medo de ficar trancado no quarto, de modo que continuei a descrever as imagens que me vinham à mente. Assim, passei dois meses revivendo e revendo, às vezes com tristeza, às vezes com alegria, uma infinidade de lembranças desse tipo, todas talvez sem muita importância, mas agradáveis de rememorar. Evoquei o melhor que pude as experiências boas e más que tivera antes de ser levado para o cativeiro, e acabei percebendo que gostava do exercício. Agora, Hoja não precisava mais me forçar a escrever; cada vez que ele dizia que não estava satisfeito, eu passava para alguma outra lembrança, para outro relato que decidira descrever.

Mais tarde, quando notei que Hoja também gostava de ler o que eu escrevia, comecei a procurar alguma ocasião de atraí-lo para essa minha atividade. Para preparar o terreno, contei-lhe certas experiências que tivera na infância: os terrores de uma noite infindável de insônia após a morte do meu melhor amigo, com quem eu tinha adquirido o hábito de pensar nas mesmas coisas ao mesmo tempo, o medo que senti de que pudessem achar que eu também morrera e me enterrar vivo com ele. Não esperava que se impressionasse tanto! Pouco depois, ousei contar-lhe um sonho que tivera: meu corpo separava-se de mim e se aliava a um sósia meu, cujo rosto ficava, porém, invisível na sombra, e os dois conspiravam contra mim. Na época, Hoja contou-me que tornara a ouvir o tal refrão ridículo, e com uma intensidade cada vez maior. Quando vi que, como eu esperava, ele se abalara com o sonho, insisti que aquele tipo de escrita era uma atividade que ele também deveria tentar. Por um lado, poderia aliviar aquela sua sensação de espera interminável, e, por outro, ele poderia descobrir onde ficava de fato a fronteira que o distinguia dos seus "idiotas". Ele continuava sendo chamado ao palácio de tempos em tempos, mas não ocorreu nada que pudesse avivar suas esperanças. Num primeiro momento, ele resistiu, mas diante da minha insistência acabou ficando curioso, constrangido e farto o suficiente para dizer que iria tentar. Como temia que o considerassem ridículo, chegou a arriscar uma brincadeira: já que iríamos escrever lado a lado, será que também devíamos nos olhar lado a lado num espelho?

Quando ele falava de escrevermos juntos, eu não tinha idéia de que realmente imaginava que fôssemos nos sentar lado a lado à mesa. Pensei que, assim que ele começasse a escrever, eu poderia recuperar a liberdade ociosa do escravo indolente. Estava enganado. Hoje disse que devíamos nos sentar cada um numa extremidade da mesa e escrever nossas memórias um diante do outro: só assim, a seu ver, nossas mentes, tão inclinadas à preguiça e à distração quando confrontadas com temas perigosos, poderiam se submeter a uma certa regra de procedimento, e, além disso, poderíamos fortalecer um ao outro com o trabalho e a disciplina. Mas aquilo eram só desculpas: eu sabia que ele tinha medo de se ver sozinho, de sentir sua própria solidão enquanto pensava. E entendi tudo quando, assim que se viu frente a frente com o papel em branco, ele se pôs a murmurar de maneira audível: desejava minha aprovação prévia para o que pretendia escrever. Depois de rabiscar umas poucas linhas, mostrava-as para mim com uma ansiedade e uma falta de amor-próprio que lembravam a humildade inocente de uma criança: será que aquelas coisas mereciam ser descritas? Naturalmente, dei-lhe minha aprovação.

Assim, no espaço de dois meses, aprendi mais sobre a vida dele do que conseguira descobrir em onze anos. Sua família vivia em Edirna, também conhecida como Andrinopla, cidade que mais tarde visitaríamos na companhia do sultão. Ele perdera o pai muito cedo; nem tinha certeza de se lembrar do seu rosto. A mãe era uma mulher valente e trabalhadora; e casou-se novamente depois de enviuvar. Teve dois filhos com o primeiro marido, uma menina e um menino. E em seguida quatro filhos homens com o segundo marido, que era estofador. Dos filhos, o mais dotado para os estudos fora o próprio Hoja, é claro. Fiquei sabendo que também era o mais inteligente, o mais esperto, o mais diligente e o mais forte dos irmãos: e ainda o mais honesto. Falava de todos com ódio, menos da irmã, mas não sabia ao certo se aquilo tudo valia a pena ser escrito. Eu disse que valia, talvez porque já pressentisse que mais tarde viria a me apoderar tanto do seu estilo como da história da sua vida. Havia na linguagem que ele usava e no seu modo de pensar uma coisa que eu adorava e queria adquirir. A pessoa precisa amar a vida que escolheu a ponto de acabar se apropriando dela; e eu amo a minha vida. É evidente que Hoja achava todos os seus irmãos uns idiotas. Só apareciam para lhe pedir dinheiro. Ele, porém, entregara-se ao estudo. Aceito na *medresse* da mesquita de Selimiye, fora alvo de uma calúnia pouco antes de concluir os estudos naquele seminário. Nunca mais tornou a mencionar esse incidente, assim como nunca me falava das mulheres. Muito no início, relatou que houve uma ocasião em que estivera prestes a se casar, mas pouco depois rasgou com raiva a página em que o fato aparecia. Caía uma chuva fina e incessante naquela noite. Foi a primeira das muitas noites terríveis que precisei enfrentar a partir de então. Hoja cobriu-me de injúrias; declarou que tudo o que escrevera era mentira e decidiu começar tudo de novo. Tive de passar duas noites em claro, porque ele exigia que eu ficasse o tempo todo sentado na sua frente, eu também escrevendo. Ele já não dava a menor atenção ao que eu escrevia, e eu, sentado à outra ponta da mesa, limitava-me a repetir sempre as mesmas coisas, sem me dar o trabalho de usar a imaginação, enquanto o observava com o canto do olho.

Alguns dias mais tarde, numa folha daquele papel imaculado que mandava trazer do Oriente a peso de ouro, ele escreveu o título "Por que sou o que sou", mas em seguida, a cada manhã, só escrevia falando das razões por que "eles" eram tão inferiores e estúpidos. Ainda assim, fiquei sabendo que, após a morte da mãe, ele fora enganado, viera instalar-se em Istambul com o pouco dinheiro que conseguira salvar da sua herança e havia passado um tempo morando numa confraria de dervixes mas logo fora embora, ao perceber que as pessoas de lá eram falsas e mesquinhas. Pedi-lhe que me falasse mais das suas experiências na confraria de dervixes: a meu ver, seu rompimento com eles tinha sido uma vitória, pois assim ele se tornara capaz de diferenciar-se deles. Mas ele se irritou quando fiz esse comentário e declarou que eu só queria saber os detalhes sórdidos daquela história para um dia poder usá-los contra ele; a seu ver, eu já sabia demais sobre ele, e meu desejo de conhecer aqueles detalhes — e aqui ele usou um dos termos considerados mais grosseiros para se referir ao sexo — parecia-lhe muito suspeito. Em seguida, falou longamente sobre a irmã, Semra, dizendo como era virtuosa e como o marido dela era malvado; falou de sua dor pelos anos todos que haviam se passado desde que a vira pela última vez, mas, quando me interessei, tornou a reagir com desconfiança e mudou de assunto. Depois de gastar em livros todo o dinheiro que lhe restava, por muito tempo só o que fizera fora estudar, antes de conseguir trabalhos ocasionais como escriba: e repetia para mim como as pessoas eram desonestas, quando se lembrou do paxá Sadik. A notícia da sua morte chegara-nos pouco antes de Erzinjan. Foi naquele tempo que Hoja o conheceu, chamando imediatamente sua atenção graças ao amor pela ciência. Foi o paxá Sadik quem conseguiu para

Hoja o cargo de professor na escola primária, mas no fundo ele também não passava de um idiota. Depois de terminar de escrever essa narrativa, o que levou um mês, uma noite Hoja foi tomado pela vergonha e pelo remorso, e rasgou em pedacinhos tudo o que escrevera. E é por isso que agora, quando tento reconstituir o que ele relatava mais as minhas próprias experiências passadas confiando apenas na imaginação, já não temo ser arrastado pela enxurrada dos detalhes que tanto me fascinam. Num último arranco de entusiasmo, ele ainda escreveu algumas páginas reunidas sob o título "Os idiotas que conheci de perto", onde tentava classificar as várias categorias de imbecis, mas logo foi tomado por um novo acesso de fúria: todo aquele esforço para escrever não levara a nada; ele não descobrira nada de novo, e continuava sem saber por que ele era quem era. Eu o enganara, convencera-o a perder tempo pensando inutilmente em coisas que não queria lembrar. E decidiu que eu merecia um castigo, que eu receberia a devida punição. Não sei por que era tão obcecado por essa idéia de castigo, que me lembrava os primeiros tempos que passamos juntos. Às vezes, eu achava que era minha atitude de obediência covarde que o estimulava. Ainda assim, no momento em que ele falou de castigo, decidi enfrentá-lo. Quando escrever sobre o passado o deixou totalmente farto, Hoja passou algum tempo andando de novo de um lado para outro pela casa toda. Depois, virou-se para mim e disse que era o próprio pensamento que precisávamos escrever: assim como o homem podia ver sua aparência quando se olhava no espelho, poderia capturar sua essência examinando seus próprios pensamentos.

A simetria clara daquela analogia me deixou também muito entusiasmado. Sentamo-nos imediatamente às duas extremidades da mesa. Dessa vez, eu também escrevi no alto da primeira página "Por que sou o que sou", embora com certa ironia. E sem demora comecei a escrever as memórias de infância da minha timidez, pois essa característica me parecia àquela altura a marca que definia minha personalidade. Então, quando li o que Hoja vinha escrevendo sobre a maldade dos outros, tive uma idéia que àquela altura me pareceu importante e lhe transmiti: precisava escrever também sobre seus próprios defeitos. Depois de ler as várias páginas que eu acabara de escrever, ele reafirmou que não era um covarde. Protestei: não, ele não era um covarde, mas havia de ter seus lados negativos, como todo mundo. Se refletisse sobre eles e os estudasse, poderia encontrar sua verdadeira identidade. Tinha sido o que eu fizera, e eu sentia que ele queria ser como eu. Vi que ele ficou enfurecido com minhas palavras, mas conseguiu se controlar e tentou ser comedido. Os outros é que eram maus; não todo mundo, é claro, mas, se tudo estava errado no mundo, era porque a maioria das pessoas eram imperfeitas e desprovidas de espírito construtivo. Discordei, dizendo que havia nele muita coisa que era má, até mesmo vil, e que ele devia admitir. E acrescentei, em tom de desafio: ele era pior ainda que eu.

E foi assim que começaram aqueles dias abomináveis, absurdos e terríveis em que ele me amarrava a uma cadeira e me empurrava para junto da mesa, instalando-se diante de mim e ordenando que eu escrevesse o que ele desejava, muito embora ele já não soubesse o que queria. A única coisa que tinha em mente era aquela analogia: assim como a pessoa pode ver sua aparência exterior no reflexo do espelho, deveria ser capaz de poder observar o interior da sua mente nas suas reflexões. Ele dizia que eu sabia como fazer mas me recusava a contar-lhe o segredo. Assim, enquanto Hoja ficava sentado na minha frente, esperando que eu lhe revelasse esse segredo por escrito, eu preenchia as páginas em branco diante de mim com histórias em que exagerava meus pecados. Relatei encantado os pequenos furtos da minha infância, as mentiras por ciúme, as intrigas de que lançava mão para ser mais amado que meus irmãos e irmãs, os deslizes sexuais da minha juventude, distorcendo a verdade cada vez mais à medida que avançava. Fiquei chocado com a curiosidade ávida com que Hoja lia esses relatos e com o estranho prazer que ele derivava da leitura; mais adiante, mostrou-se ainda mais irritado, intensificando a crueldade do tratamento que já deixara ultrapassar todos os limites. Talvez por incapacidade de tolerar os pecados daquele passado, de que já imaginava que acabaria por se apropriar. Então, pôs-se a me bater de verdade. Depois de ler sobre alguma das transgressões do meu passado, chamou-me de patife e me desferiu um murro nas costas com uma raiva que mal conseguia dissimular sob um tom de brincadeira. Uma ou duas vezes, incapaz de se controlar, deu-me uma bofetada. Talvez reagisse assim simplesmente por frustração, porque vinha sendo convocado com uma freqüência cada vez menor ao palácio, tendo se convencido de que nunca mais encontraria outra distração além de nós dois. No entanto, quanto mais ele avançava na leitura do relato das minhas más ações e intensificava seus castigos mesquinhos e infantis, mais eu me sentia tomado por uma sensação peculiar de segurança: pela primeira vez, comecei a achar que o tinha na palma da minha mão.

Certa vez, depois que Hoja me bateu e machucou bastante, vi que ficara com pena de mim, mas tratava-se de um sentimento malsão, combinado com o tipo de repugnância que sentimos por uma pessoa que não consideramos de fato um igual: e percebi a mesma coisa ao ver como ele era finalmente capaz de me olhar sem ódio. "Vamos parar de escrever", disse-me, e em seguida se corrigiu: "Não quero mais que *você* escreva". Haviam se passado várias semanas, nas quais ele se limitara a ficar olhando enquanto eu escrevia todos os pecados que já cometera. Ele declarou que precisávamos deixar aquela casa, cada dia mais melancólica, e fazer uma viagem, talvez para Gebze. Queria voltar a se dedicar aos seus estudos de astronomia e cogitava escrever um tratado, mais rigoroso que o primeiro, sobre o comportamento das formigas. Fiquei alarmado ao ver que ele estava prestes a perder o respeito que ainda sentia por mim, de modo que, num esforço para mantê-lo interessado, inventei uma nova história, que me rebaixava de maneira abominável. Hoja leu o relato com grande prazer e nem manifestou nenhuma censura; mas senti que ficou intrigado e que gostaria de saber como eu podia ter me decidido a ser uma pessoa tão vil. Nessa época, é possível que ele ainda estivesse conformado a ser quem era até o fim dos seus dias. É claro que ele sabia muito bem que todas aquelas confissões eram em parte uma espécie de jogo. Naquele dia, usei de uma liberdade de bobo da corte, que sabe perfeitamente que nunca é levado a sério. Tentei espicaçar ainda mais sua curiosidade, que aumentava a cada dia. Afinal, perguntei-lhe o que ele tinha a perder se — a fim de entender como eu podia ser como era — tentasse uma última vez escrever sobre seus pecados antes de partirmos para Gebze. E nem precisava escrever a verdade, porque tanto fazia se ninguém acreditasse nas suas histórias. Era desse modo que ele haveria de compreender a mim e às pessoas como eu, e um dia aquele conhecimento lhe poderia ser muito útil! Finalmente, incapaz de resistir à minha insistência ou à sua própria curiosidade, declarou que iria tentar no dia seguinte. É claro que não deixou de acrescentar que só o faria porque lhe dera vontade, e não porque eu tivesse conseguido convencê-lo com minhas tramóias...

O dia seguinte foi o melhor de todos os que passei no cativeiro. Hoja não me amarrou à minha cadeira, e fiquei o dia inteiro de frente para ele, observando-o enquanto se transformava noutra pessoa. Num primeiro momento, acreditou tão intensamente no que fazia, que nem se deu o trabalho de escrever aquele título bobo — "Por que sou o que sou" — no alto da primeira página. Tinha o ar confiante de uma criança travessa que se esforça para imaginar uma história mentirosa e divertida; mas dava para ver que no início ainda se mantinha preso à solidez estável do seu mundo. Mas não durou muito aquela sensação vã de segurança, nem a falsa aparência de contrição que ele assumia para meu consumo. Em pouco tempo, sua ironia dissimulada transformou-se em medo, o jogo tornou-se real; mesmo que fosse apenas um fingimento, aquela confissão dos seus malfeitos o assustava incrivelmente: riscou muito depressa o que escrevera, sem deixar que eu lesse. Mas a curiosidade dele fora despertada; acho também que sentiu vergonha de mim. Recomeçou a escrever. Se tivesse se levantado da mesa na mesma hora, cedendo ao seu primeiro impulso, talvez tivesse conservado a paz de espírito, o que teria lhe assegurado a salvação.

Nas horas seguintes, vi-o se revelar pouco a pouco: cobria páginas com suas confissões e depois rasgava tudo sem me mostrar, perdendo cada vez um pouco mais do amor-próprio e da confiança em si mesmo, e em seguida recomeçava, na esperança de recuperar o que perdera. Para todos os efeitos, pretendia me mostrar suas confissões; ao cair da noite, porém, eu não tinha visto nem uma palavra do que tanto ansiava ler, pois ele rasgara tudo e jogara fora. E Hoja também estava esgotado. Quando me gritou injúrias, dizendo que aquilo era uma brincadeira detestável do gosto dos infiéis, sua segurança achava-se abalada a tal ponto, que ousei lhe responder com insolência que não se preocupasse, porque acabaria se acostumando a ser um pecador. Nisso, ele se levantou e saiu de casa, talvez por já não suportar meu olhar, e só voltou tarde da noite; e percebi, pelo perfume que exalava, que, como eu desconfiava, tinha ido se deitar com as prostitutas.

Na tarde seguinte, para provocá-lo a continuar escrevendo, disse a Hoja que ele havia de ter força de caráter suficiente para não se deixar afetar por aqueles jogos inofensivos. Além disso, estávamos escrevendo para descobrir coisas, não só como passatempo, e no final aquilo poderia nos permitir entender por que as pessoas que ele chamava de "idiotas" eram assim. Será que o simples projeto de conhecermos mais profundamente um ao outro não era atrativo bastante para ele? E insisti que poderia haver tanto fascínio em conhecer os mínimos detalhes da alma de outra pessoa como em relembrar os pormenores de certos pesadelos.

Então, ele tornou a sentar-se à mesa, estimulado não pelo que eu dissera, que ele levava tão a sério quanto as bufonarias de um bobo da corte, mas decerto pela segurança da luz do dia. Quando se levantou, ao anoitecer, acreditava ainda menos em si mesmo que na véspera. E fiquei com pena dele quando o vi partir novamente em busca das prostitutas.

Assim, toda manhã, convencido de que conseguiria superar a repulsa que sentia pelos pecados que se dispunha a confessar ao longo daquele dia, ele tornava a sentar-se à mesa com a esperança de recuperar o que perdera na véspera e só se levantava à noite, depois de deixar na mesa mais um pouco da confiança em si mesmo que ainda lhe restava. Como agora se considerava desprezível, já não podia me olhar de cima para baixo; achei que por fim encontrara uma confirmação da igualdade que, equivocadamente, eu acreditara existir entre nós dois nos primeiros dias da nossa vida comum; o que me deixou muito satisfeito. Como minha presença o incomodava, ele declarou que eu não precisava mais sentar com ele à mesa; o que também era um bom sinal. Mas minha raiva, que eu vinha acumulando havia anos, agora decidira morder o freio e tomar a frente. Eu queria me vingar, partir para o ataque. Como ele, também perdera o equilíbrio. Se pudesse levar Hoja a duvidar um pouco mais de si próprio, se conseguisse ler algumas daquelas confissões que ele se empenhava em manter fora do meu alcance e humilhá-lo de alguma forma sutil, ele é que passaria a ser o escravo e o pecador da casa. Já se viam alguns sinais disso: de vez em quando, ele sentia necessidade de se certificar de que eu não estava zombando dele. Já não acreditava em si próprio, de modo que precisava da minha aprovação. Agora, perguntava com mais freqüência minha opinião sobre as questões mais triviais do dia-a-dia: se estava usando a roupa adequada, se a resposta que dera a alguém tinha sido boa, se eu gostava da sua caligrafia. No que eu estava pensando? Sem querer que ele desesperasse por completo e acabasse desistindo do jogo, às vezes eu me criticava para tranqüilizá-lo, aviltando-me o mais que podia. Ele me lançava aquele olhar que significava "seu patife!", mas já não me batia; acho que se julgava merecedor, ele mesmo, de algumas pancadas.

Aquelas confissões que o deixavam com tamanho ódio de si mesmo me intrigavam. Como eu adquirira o hábito de tratá-lo como a uma pessoa inferior, ainda que só em segredo, achei que suas confissões poderiam conter apenas alguns pecadilhos banais. Hoje, quando tento conferir realismo ao meu passado e procuro imaginar em detalhes uma ou duas dessas confissões de que jamais consegui ler uma linha sequer, não consigo encontrar um pecado que não pudesse destruir a verossimilhança da minha narrativa e da vida que imaginei para mim. Mas acho que uma pessoa na minha situação sempre pode recuperar a confiança em si mesma: e devo dizer que eu tinha levado Hoja a fazer uma descoberta, sem que ele se desse conta. Embora de maneira um tanto enviesada, eu expusera seus pontos fracos e os pontos fracos das pessoas parecidas com ele. A meu ver, estava próximo o dia da vingança, não só dele como dos que lhe eram próximos: eu haveria de destruí-los, provando que não passavam de pecadores. Os que me leram até aqui já terão percebido que, se eu ensinara muita coisa a Hoja, também aprendera muito com ele! Talvez eu só pense assim agora porque o homem, quando envelhece, busca sempre por mais simetria, até nas histórias que lê. Devo ter me deixado levar por um ressentimento acumulado ao longo dos anos. Depois de conduzir Hoja a uma humilhação completa, eu poderia ao menos lhe provar minha superioridade sobre ele, ou no mínimo minha independência, e em seguida lhe pediria, em tom de escárnio, que me desse minha alforria. Imaginava que me devolveria a liberdade sem sequer discutir, e já pensava nos detalhes dos vários livros que escreveria sobre minhas aventuras entre os turcos quando voltasse ao meu país. Com quanta facilidade perdi todo e qualquer senso de medida! E tudo mudou de um momento para outro diante da notícia que ele me deu certa manhã.

A peste havia irrompido na cidade! Num primeiro momento, não acreditei, pois ele me contou aquilo como se falasse de algum lugar distante, e não de Istambul; perguntei-lhe como ficara sabendo da novidade e quis conhecer os detalhes. Vinha aumentando o número de mortes inexplicáveis, causadas provavelmente por alguma epidemia. Perguntei quais eram os sintomas da doença — talvez não fosse a peste, afinal. Hoja riu de mim: eu não precisava me preocupar, disse; se pegasse a doença, não teria a menor dúvida, a pessoa tinha três dias de febre alta para se convencer! Alguns doentes apresentavam inchaço atrás das orelhas, outros nas axilas, outros na barriga; os bubões apareciam; seguia-se uma febre terrível; às vezes os abscessos rebentavam, às vezes os doentes cuspiam sangue; muitos morriam em meio a violentos acessos de tosse, como os tísicos. E acrescentou que quatro ou cinco pessoas vinham morrendo por dia em cada bairro da cidade. Assustado, perguntei se já tinha havido casos na nossa vizinhança. Então eu não sabia? O pedreiro, que vivia brigando com os vizinhos porque as crianças roubavam suas maçãs ou porque as galinhas iam ciscar no seu jardim, morrera uma semana antes aos gritos, ardendo em febre. E só agora tinham entendido que ele morrera de peste...

Mas, ainda assim, eu me recusava a acreditar: nas ruas, tudo parecia tão normal, as pessoas que passavam diante das nossas janelas andavam com tanta calma! Eu precisava de alguém que compartilhasse meu medo para poder acreditar que a cidade fora tomada pela peste. No dia seguinte pela manhã, assim que Hoja foi para sua escola, saí pelas ruas, à procura dos conversos italianos que conhecera durante meus onze anos na cidade. Um deles, conhecido por seu novo nome de Mustafa Reis, havia partido para os estaleiros; o outro, Osman Efendi, de início nem me deixou entrar, embora eu esmurrasse sua porta como se quisesse derrubá-la. Mandou o criado dizer-me que não estava em casa, mas finalmente cedeu e me chamou pelo nome. Como é que eu podia duvidar da realidade da doença? Não tinha visto o desfile dos caixões pelas ruas? Disse-me que eu estava com medo, que ele via o pavor na minha cara, e que eu estava com medo porque teimava em permanecer cristão! E censurou-me; para viver feliz naquela terra, era preciso se converter ao islã! Mesmo assim, não apertou minha mão e evitou qualquer contato direto comigo antes de se refugiar na penumbra úmida da sua casa. Era a hora das preces, e, quando vi a quantidade de gente que se reunia no pátio das mesquitas, fui invadido pelo terror e voltei às pressas para casa. Sentia-me tomado pelo estupor, o choque que acomete as pessoas nos momentos de calamidade. Era como se tivesse perdido meu passado, como se minha memória tivesse sido apagada. Sentia-me paralisado. Quando vi um grupo carregando um esquife pelas ruas do nosso bairro, quase perdi completamente o controle.

Hoja tinha voltado da escola, e notei sua alegria quando viu o estado em que eu me encontrava. Vi que meu medo aumentava sua confiança em si mesmo, porque ele me achava covarde, e isso me desconcertou. Eu queria vê-lo perder aquele orgulho vão por seu destemor. Tentando controlar a agitação, despejei todos os meus conhecimentos médicos e literários; contei o que lembrava das descrições da peste em Hipócrates, Tucídides e até

Boccaccio; expliquei que hoje em dia todos estavam convencidos de que a doença era contagiosa, mas isso só aumentou seu desprezo — ele não tinha medo da peste, disse; a doença era a vontade de Deus, se o destino da pessoa fosse morrer, ela morreria; por isso, era inútil seguir aquelas bobagens que eu não cansava de repetir sob o efeito do medo, que precisávamos nos enclausurar em casa, evitando qualquer contato com o mundo exterior, ou tentar ir embora de Istambul. Se estava escrito, havia de acontecer, e a morte acabaria por nos encontrar onde quer que fosse. Por que eu sentia tanto medo? Por causa dos pecados que enumerara por escrito dia após dia? E sorria ao me fazer a pergunta, com os olhos brilhando de esperança.

Até o dia em que nos separamos para sempre, jamais consegui descobrir se ele próprio acreditava realmente nessas coisas que me dissera. Seu desassombro me deu medo por um momento, mas em seguida fiquei descrente, quando me lembrei das discussões que tivéramos em torno da mesa, daqueles jogos terríveis que disputávamos. Hoje voltava o tempo todo aos pecados que havíamos registrado frente a frente, reiterando o mesmo raciocínio com um ar de presunção que me enlouquecia: se eu tinha tanto medo da morte, era porque não conseguira superar o peso dos pecados sobre os quais escrevia afetando tanta bravura. A coragem que eu exibia para revelar meus pecados era uma simples impostura! Enquanto ele experimentara toda aquela hesitação em virtude da atenção que dava ao menor dos seus deslizes. Mas hoje ele reencontrara a paz; a segurança inabalável que sentia em face da peste o convencera da sua inocência e lhe devolvera a serenidade.

Enojado dessa explicação, em que acreditei por estupidez, decidi me opor aos seus argumentos. Ingenuamente, sugeri que ele estava confiante não porque tivesse a consciência tranqüila, mas porque não sabia o quanto a morte estava próxima. Expliquei como devíamos nos proteger da morte, que devíamos evitar o toque de quem pegasse a peste, que os cadáveres precisavam ser enterrados em covas cobertas de cal viva, que as pessoas deviam reduzir o contato ao mínimo e que Hoja devia parar de ir dar aulas naquela escola abarrotada.

E parece que esta minha última recomendação lhe deu idéias ainda mais horríveis que a peste! No dia seguinte, ao meio-dia, depois de me dizer que tinha tocado todas as crianças da escola, uma a uma, ele estendeu as mãos para mim; quando viu que recuei, e que ficara com medo de tocar nele, aproximou-se, rindo, e me deu um abraço; eu quis gritar, mas não consegui emitir som algum, como se estivesse num pesadelo. Quanto a Hoja, ele repetia, com uma ironia que só fui entender muito mais tarde, que ia me ensinar o destemor.

6.

A peste espalhava-se depressa, mas de algum modo eu não conseguia aprender o que Hoja chamava de destemor. É bem verdade que parei de observar as mesmas cautelas dos primeiros dias. Não agüentava mais ficar isolado num quarto como uma velha presa ao leito, olhando pela janela o dia inteiro. De vez em quando, saía de casa e vagava pelas ruas como um bêbado. Ia ver as mulheres fazendo compras no mercado, os artesãos trabalhando em suas oficinas, os homens reunidos nos cafés depois do enterro dos seus mortos, tentando aprender a viver com a peste. E poderia até ter aprendido, se ao menos Hoja me deixasse em paz.

Toda noite, ele estendia para mim as mãos com que dizia ter tocado nas pessoas o dia inteiro. E eu ficava esperando petrificado, sem mover um músculo. Exatamente como acontece quando, mal desperto, você descobre um escorpião andando em cima do seu corpo. Os dedos de Hoja não eram parecidos com os meus; correndo com eles por minha pele, ele perguntava: "Está com medo?". E eu não me movia. "Está com medo. Medo de quê?" Às vezes, eu sentia o impulso de empurrar sua mão e atacá-lo, mas sabia que isso só aumentaria sua raiva. "Vou lhe dizer por que está com medo. Está com medo porque se sente culpado. Está com medo porque está impregnado de pecado. Está com medo porque você acredita muito mais no que eu digo do que eu no que você me conta."

E foi ele quem insistiu para que nos sentássemos às duas pontas da mesa e escrevêssemos juntos. Agora era o momento de escrever por que nós éramos quem éramos. Novamente, porém, tudo o que ele conseguiu escrever foi a pergunta: por que "os outros" eram como eram? E, pela primeira vez, mostrou-me com orgulho o que tinha escrito. Quando me ocorreu que ele esperava que eu sentisse vergonha do que lia, não consegui esconder minha repulsa e lhe disse que ele não era diferente dos idiotas sobre quem escrevia, e que iria morrer de peste antes de mim.

Percebi então que essa previsão era a arma mais eficiente que eu possuía, e comecei a lembrar-lhe seus trabalhos dos últimos dez anos, o tempo que ele dedicara às suas teorias de cosmografia, as horas que passara observando os céus, arriscando-se a estragar os olhos, os dias em que não tirara o nariz dos livros. Agora era eu quem não o deixava em paz; dizia-lhe que seria uma idiotice morrer à toa quando era possível evitar a peste e continuar vivendo. E tudo o que eu lhe dizia só agravava suas dúvidas e tornava mais doloroso o castigo que eu queria lhe infligir. Quando ele leu o que eu acabara de escrever, pareceu redescobrir, um tanto a contragosto, o respeito por mim que tinha perdido.

Como que para esquecer minha má sorte naqueles dias, eu enchia páginas e páginas com os sonhos felizes que tinha tantas vezes nessa época, não só à noite mas também nas sestas do meio do dia. Assim que acordava, para me esquecer da realidade, anotava esses sonhos, em que a ação e o sentido eram uma coisa só, esforçando-me para fazê-lo num estilo poético e bem cuidado: sonhava que, entre as árvores dos bosques acima da nossa casa, andavam estranhos personagens que conheciam todos os segredos que o homem vinha tentando entender havia anos. Se ousássemos penetrar nas profundezas escuras dessas florestas, poderíamos ficar amigos deles; nossas sombras já não desapareceriam ao pôr-do-sol, mas assumiriam uma vida própria: enquanto dormíamos em paz entre os lençóis limpos e frescos das nossas camas, elas é que aprenderiam os milhares de pequenas coisas essenciais para a vida; os personagens tridimensionais que eu pintava nos meus sonhos saíam das suas molduras e vinham se misturar a nós; minha mãe, meu pai e eu criávamos máquinas de aço no jardim dos fundos da nossa casa, e elas trabalhavam para nós...

Hoja notou que esses sonhos eram armadilhas diabólicas, destinadas a atraí-lo para as trevas de uma ciência infinita, mas ainda assim continuava a me interrogar, mesmo percebendo que perdia um pouco mais das suas certezas a cada pergunta que me fazia: que significavam aqueles sonhos sem pé nem cabeça? Será que eu os tinha mesmo? Assim, pratiquei primeiro com ele o método que anos depois usaríamos com o sultão; desses sonhos, derivei conclusões sobre meu futuro e o dele: é óbvio que a ciência era uma doença, tão difícil de evitar quanto a peste. E podia-se dizer sem engano que Hoja fora contagiado por aquele mal. Não obstante, eu ficava curioso em relação aos sonhos que ele teria! Ele me escutava, afetando um ar de contrariedade mas sem discutir muito, já que engolira seu orgulho a ponto de me fazer perguntas. E eu pude ver que, quando lhe respondia, minhas palavras despertavam sua curiosidade. Meu medo da morte não diminuiu nem um pouco, à medida que eu via o quanto se abalava a serenidade afetada por Hoja desde a irrupção da peste, mas ao menos eu já não era o único a sentir medo. É claro que, toda noite, eu pagava por esse meu prazer o preço dos seus tormentos noturnos, mas agora eu percebia que minha luta não era em vão: cada vez que Hoja me estendia as mãos, eu tornava a lhe dizer que morreria antes de mim e lembrava que só os ignorantes não tinham medo da morte, que seus escritos ficariam inacabados, enquanto meus sonhos, que ele pudera ler naquele dia mesmo, estavam repletos de felicidade.

    Ainda assim, a gota que fez transbordar o jarro não foi nada do que eu disse. Um dia, o pai de um dos seus alunos veio até nossa casa. Parecia um homenzinho humilde e inofensivo, e contou que morava nas proximidades. Fiquei ouvindo, enrodilhado num canto como um gato sonolento, enquanto eles conversavam longamente sobre vários assuntos. Então, nosso visitante enfim revelou o assunto que o trouxera: uma prima dele pelo lado materno enviuvara no verão anterior, quando seu marido caíra do telhado que consertava. Não lhe faltavam pretendentes, mas nosso visitante havia pensado em Hoja porque ouvira dizer que ele estava examinando propostas de casamento. Hoja reagiu com mais brutalidade do que eu esperava: disse que não cogitava se casar e que, quando se decidisse, jamais escolheria uma viúva. Diante dessas palavras, nosso visitante lembrou que o profeta Maomé não se importara com a viuvez de Khadija, tendo se casado com ela. Hoja disse que ouvira falar daquela viúva e que ela não se comparava ao dedo mindinho da santa Khadija. Em resposta, nosso vizinho — que tinha um nariz estranho — quis dar a entender que o próprio Hoja não era exatamente o melhor dos partidos; embora ele não acreditasse, os vizinhos diziam que Hoja enlouquecera por completo e que ninguém via com bons olhos toda aquela contemplação das estrelas, aquelas experiências com lentes de cristal e a fabricação de estranhos relógios. Com o azedume do mercador que procura depreciar os bens que cobiça, nosso visitante continuou: Hoja comia sentado a uma mesa, como os infiéis, em vez de comer sentado no chão, de pernas cruzadas, como todo mundo; gastava bolsas e mais bolsas de moedas na compra de livros, mas depois os jogava no chão e pisoteava as páginas onde talvez aparecesse o nome do Profeta; incapaz de, contemplando o céu horas a fio, aplacar o demônio que vivia dentro dele, deitava-se na sua cama em pleno dia com os olhos fixos no teto sujo do quarto; não gostava de mulheres, mas de rapazinhos; além disso, eu era na realidade seu irmão gêmeo; ele não jejuava durante o Ramadã, e era por causa dele que o Céu nos mandara a peste.

Depois de se livrar do visitante, Hoja teve um ataque de raiva. Concluí que sua serenidade, a qual se devia ao fato de compartilhar as idéias e os sentimentos dos outros, havia chegado ao fim. Pensando em lhe desferir o golpe de misericórdia, eu disse que quem não temia a peste era tão idiota quanto aquele nosso vizinho. Hoja ficou perturbado, mas repetiu que não temia a peste. Não sei por quê, mas acreditei na sua sinceridade. Ele estava demasiado nervoso, não sabia o que fazer com as mãos e repetia infindavelmente sua arenga sobre os "idiotas", que andava esquecida nos últimos tempos. Quando anoiteceu, ele acendeu a lamparina, que pôs no centro da mesa, e decidiu que devíamos nos sentar e escrever.

Como dois velhos solteirões lendo um a sorte do outro para passar o tempo em intermináveis noites de inverno, sentamo-nos à mesa, frente a frente, cobrindo páginas e páginas com nossas garatujas. Que atividade grotesca! Pela manhã, quando fui ler o que Hoja tinha escrito, achei que ele era ainda mais ridículo que eu. Descrevera um sonho, tentando imitar os meus, um sonho que, como todos os detalhes indicavam, ele só podia ter inventado: éramos irmãos, ele e eu! E ele assumia o papel de irmão mais velho, enquanto eu escutava humildemente o que ele tinha a dizer sobre a ciência. No dia seguinte, enquanto tomávamos o café-da-manhã, ele me perguntou o que achava dos boatos que diziam que éramos gêmeos. A pergunta agradou-me, mas não lisonjeava tanto assim meu amor-próprio; e não respondi nada. Dois dias depois, ele me despertou no meio da noite para dizer que daquela vez havia realmente sonhado o que relatara. Talvez fosse verdade, mas por algum motivo não dei muita importância. Na noite seguinte, confessou que estava com medo de morrer de peste.

Cansado de tanto enclausuramento em casa, saí pelas ruas ao cair da noite: alguns meninos haviam subido na árvore de um jardim, deixando espalhados pelo chão seus calçados de todas as cores; as mulheres que tagarelavam na fila das fontes não se calavam à minha passagem; os mercados estavam apinhados de fregueses; muita gente assistia de bom humor a uma disputa entre duas pessoas, enquanto outros tentavam interferir para apartar a briga. Esforcei-me por acreditar que a epidemia perdera a força, mas, quando vi os caixões que saíam em fila do pátio da mesquita de Beyazıt, fiquei bastante perturbado e voltei correndo para casa. Quando entrava no meu quarto, ouvi Hoja exclamar: "Venha dar uma olhada nisto!". Com a camisa desabotoada, apontava para um pequeno inchaço, uma mancha vermelha que havia pouco abaixo do seu umbigo. "Esta casa deve estar com insetos." Aproximei-me e examinei com cuidado sua barriga, era uma manchinha vermelha um tanto inflamada, lembrando uma picada de inseto. Por que ele quisera me mostrar? Tive medo de aproximar mais o rosto. "Uma picada de inseto", disse Hoja, "não concorda?" Encostou a ponta do dedo na mancha. "Uma picada de pulga, talvez." Fiquei quieto, e não disse que jamais tinha visto uma picada de pulga igual àquela.

Arranjei qualquer desculpa para ficar a tarde inteira no jardim, até o pôr-do-sol. Sabia que devia ir embora daquela casa, mas não me ocorria nenhum outro lugar para onde pudesse ir. E aquela inflamação lembrava de fato uma picada de inseto, não era alta e larga como um bubão da peste. Mas não demorei a mudar de opinião: talvez por ter passado a tarde vagando no jardim, entre as plantas que davam a impressão de crescer debaixo dos meus olhos, pareceu-me que aquela manchinha vermelha podia inchar bastante nos dois dias seguintes como um botão, depois abrir como uma flor e finalmente estourar; e que Hoja corria o perigo de uma morte dolorosa. Por outro lado, parecia mesmo uma picada de inseto, um daqueles insetos voadores noturnos que proliferam nos climas tropicais, mas eu não conseguia encontrar um nome adequado para essa criatura fantasmagórica...

Quando nos sentamos para jantar, Hoja fez o possível para simular alegria; brincou, implicou comigo, mas não conseguiu sustentar aquilo por muito tempo. Bem mais tarde, depois que nos levantamos no fim do jantar, sem dizer nada, e bem depois que a noite havia caído, silenciosa e sem nenhum sinal de brisa, Hoja resolveu falar. "Estou me sentindo mal, com a cabeça pesada. Vamos nos sentar à mesa e escrever." Aparentemente, aquela era a única distração que lhe ocorria.

Mas não conseguiu escrever nada. Apenas ficou sentado, olhando para mim com o canto do olho enquanto eu escrevia alegremente. "Que está escrevendo?" E eu li minha história em voz alta: descrevia minha impaciência de voltar para casa, numa carruagem puxada por um cavalo, no fim do primeiro ano dos meus estudos de engenharia. Mas ao mesmo tempo eu havia gostado da escola e dos colegas; continuei a ler, falando de como senti falta da companhia deles, sentado sozinho à beira de um regato, lendo os livros que trouxera para as férias. Após um breve silêncio, Hoja, como se me revelasse um segredo, sussurrou de repente uma pergunta: "A vida deles é sempre feliz assim por lá?". Achei que iria se arrepender da pergunta, mas não, continuava olhando para mim com uma curiosidade infantil. E respondi sussurrando eu também: "Eu, ao menos, era feliz!". Uma sombra de inveja passou por seu rosto, mas não tinha nada de ameaçador. Com uma timidez entrecortada, ele começou a contar sua história.

Quando tinha doze anos e ainda morava em Edirna, houvera um período em que costumava ir regularmente, com a mãe e a irmã, ao hospital da mesquita de Beyazıt, para visitar o avô materno, que sofria do estômago. De manhãzinha, sua mãe entregava à guarda dos vizinhos seu irmão caçula, que ainda não sabia andar, pegava Hoja, sua irmã e uma tigela de pudim que preparara mais cedo, e partiam juntos; a viagem era curta mas deliciosa, por um caminho curto e muito agradável, sombreado por choupos. E, quando chegavam, o avô contava histórias para as crianças. Hoja adorava aquelas histórias, mas gostava ainda mais do hospital, e deixava a enfermaria para correr pelos pátios e corredores. Numa das visitas, ouviu a música que tocavam para os alienados, debaixo de uma cúpula iluminada por uma clarabóia; ouvia-se também o som de água, água corrente. E ele ainda percorria mais quartos e salas, onde brilhavam frascos e outros estranhos recipientes de todas as cores; noutra ocasião, ele se perdeu e começou a chorar. E depois precisara percorrer quase todos os quartos e salas do hospital até encontrar o quarto do avô, Abdullah Efendi. Às vezes, a mãe chorava, mas outras vezes escutava as histórias do velho juntamente com a filha. E em seguida voltavam os três para casa, levando a tigela vazia que o avô lhes devolvera, mas no caminho a mãe sempre comprava um pouco de *helva* e dizia baixinho às crianças: "Vamos comer logo, antes que alguém nos veja". E iam até um lugar de que gostavam muito à beira do rio e à sombra dos choupos, sentavam-se os três, lado a lado, com os pés balançando na água, e comiam sua *helva* a salvo dos curiosos.

Quando Hoja terminou de falar, instalou-se um silêncio que, embora desconfortável, aproximou-nos numa inexplicável e perturbadora sensação de irmandade. Por muito tempo, Hoja ignorou aquela tensão no ar. Depois que a porta pesada de uma casa vizinha bateu de repente, ele enfim rompeu o silêncio: naquela época é que sentira pela primeira vez o interesse pela ciência, inspirado pela visão dos pacientes, das balanças, dos recipientes, e daqueles frascos de todas as cores que lhes restauravam a saúde. Mas depois o avô morreu, e nunca mais voltaram ao hospital. Hoja sempre sonhara que um dia voltaria sozinho, quando adulto, mas num certo ano houve uma enchente inesperada no rio Tunca, que atravessa Edirna. Os pacientes foram evacuados, os quartos e enfermarias foram invadidos por uma água turva e contaminada, e, quando a inundação finalmente recuou, aquele esplêndido hospital ficou anos coberto por uma camada de um lodo horrendo e malcheiroso que ninguém conseguia remover.

Quando a história de Hoja acabou, nosso momento de intimidade perdera-se. Ele se levantara da mesa, e, com o canto do olho, eu via sua silhueta se deslocando de um lado para outro da sala. Em seguida, pegando a lamparina no meio da mesa, ele se postou atrás de mim, e não pude mais vê-lo, nem a sua sombra. Tive vontade de virar-me e olhar, mas fiquei imóvel; era como se eu tivesse um mau pressentimento e esperasse algum acontecimento malévolo. Dali a instantes, ao ouvir um rumor de roupas, voltei-me apreensivo. Hoja estava em pé diante do espelho, nu da cintura para cima, examinando com cuidado o peito e o abdome à luz da lamparina. "Meu Deus", disse, "que tipo de pústula é esse?" Fiquei calado. "Venha aqui olhar." Não me mexi. E ele começou a gritar: "Venha já aqui, estou mandando!". Temeroso, aproximei-me dele com o pavor de um aluno que sabe que vai ser castigado.

Nunca chegara tão perto assim do seu corpo nu, e essa proximidade me desagradava. Num primeiro momento, eu quis acreditar que essa fosse a única razão para não me aproximar mais dele, mas eu sabia que estava com medo da pústula. E ele também.

Ainda assim, tentando ocultar o temor, estiquei o dedo e murmurei algo com ares de médico, os olhos fixos naquele inchaço, naquela inflamação. "Está com medo, não é?", perguntou Hoja, afinal. Tentando provar que não, aproximei-me ainda mais. "Está com medo de que seja um bubão de peste." Fingi que não havia escutado. E já me preparava para dizer que ele fora picado por algum inseto, provavelmente o mesmo inseto estranho que certa vez me picara em algum lugar mas cujo nome eu não conseguia lembrar. "Encoste logo o dedo!", disse Hoja. "Como é que você vai saber do que se trata, sem tocar em mim?"

Quando viu que eu não conseguia, recuperou o bom humor. Passou os dedos sobre o inchaço e depois os estendeu na direção do meu rosto. Ao ver-me recuar bruscamente com um sobressalto de repulsa, riu alto, zombou de mim por ter medo de uma simples picada de inseto, mas aquela sua alegria durou pouco. "Estou com medo de morrer", deixou escapar de repente. Era como se falasse de alguma outra coisa; parecia sentir mais raiva que vergonha; era a cólera de quem se sente vítima de uma injustiça. "Você não tem nenhuma pústula como esta? Tem certeza?", perguntou. "Tire a camisa, agora!" Diante daquela insistência, tirei a camisa com a contrariedade de um menino que detesta se lavar. A sala estava quente, e a janela, fechada, mas uma corrente de vento fresco soprava de algum lugar; talvez fosse o frio do espelho que me arrepiasse, não sei. Dei um passo para trás a fim de evitar o enquadramento do espelho, como se tivesse vergonha da minha aparência. Só via nele o reflexo do perfil de Hoja, que aproximava a cabeça do meu peito. Aquela cabeça grande, que todos julgavam parecida com a minha, inclinada até bem perto do meu peito. Está fazendo isso para envenenar minha mente, pensei de súbito; enquanto eu nunca fizera aquilo com ele, pelo contrário, aqueles anos todos fizera tudo para ajudá-lo, para lhe ensinar a ciência e a vida. A idéia era absurda, mas houve um momento em que acreditei que aquele rosto barbado, grotesco à luz cambiante da lamparina, quisesse sugar meu sangue! Aparentemente, eu fora muito afetado pelas histórias de terror que adorava ouvir quando menino. E, enquanto pensava nisso, senti o contato dos dedos dele no meu abdome; quis sair correndo, golpear sua cabeça com alguma coisa. "Você não tem nada", disse ele. Deu a volta e examinou-me a nuca, as axilas, o pescoço. "Nada aqui também, você não foi picado pelo inseto."

Pondo a mão no meu ombro, ele deu um passo para a frente e se postou a meu lado. Agia como um amigo de infância que compartilhasse seus segredos mais profundos. Em seguida, agarrou minha nuca com os dedos e me puxou para o seu lado. "Venha, vamos nos olhar no espelho juntos", disse. Fitei a imagem do espelho e, à luz hesitante da lamparina, tornei a ver o quanto éramos parecidos. Lembrei-me do espanto que sentira ao ver Hoja pela primeira vez, na ante-sala do paxá Sadik. Naquela ocasião, eu tinha visto o homem em que precisava me transformar: agora, pensava que ele se transformara num homem como eu. Nós dois éramos uma única pessoa! E isso me pareceu uma verdade evidente! Tive a impressão de estar totalmente paralisado, de mãos atadas, incapaz de me mover. Fiz um gesto, como que para me livrar daquele feitiço, para verificar que eu era eu mesmo: passei a mão pelos cabelos. Mas ele imitou meu gesto com grande destreza, e ainda por cima sem romper a simetria da imagem no espelho. Imitava meu olhar, a postura da cabeça, e copiava meu terror, que eu tanto evitava ver no espelho mas do qual, paralisado pela curiosidade que o medo inspirava, não conseguia desviar os olhos; depois, demonstrou a alegria perversa de uma criança que implica com um amigo imitando cada palavra e cada movimento. E começou a gritar: devíamos morrer juntos! Que absurdo, pensei, mas estava com muito medo. Foi a mais aterrorizante de todas as noites que passei na companhia dele.

Em seguida, ele afirmou que sempre tivera medo da peste; que tudo o que fazia era para me testar, como os algozes da casa do paxá Sadik, que me levaram até o jardim fingindo que iam me executar; e que sempre observava minha atitude quando diziam que éramos parecidos. Em seguida, declarou que se apoderara da minha alma; assim como um momento antes havia imitado com perfeição cada um dos meus movimentos, a partir de agora sabia tudo o que eu pensava, e podia pensar em tudo o que eu sabia! Em seguida, perguntou-me no que estava pensando naquele instante; e, é claro, eu só pensava nele. Respondi que não estava pensando em nada, mas ele nem me escutou, pois só falava para me amedrontar, e não para ouvir minha resposta, brincava com seus próprios medos, para me fazer compartilhar o que sentia. Notei que, quanto mais ele percebia sua solidão, mais sentia vontade de me atingir; quando passava os dedos por nossos rostos, quando tentava me meter medo, enfeitiçar-me com o horror daquela semelhança assustadora, ele próprio ia ficando bem mais agitado e nervoso que eu, e eu repetia comigo que ele só tinha a intenção de me fazer algum malefício. Mas pensei também que, apertando minha nuca, ele me forçava a ficar imobilizado diante do espelho porque seu coração não suportava praticar aquele mal. E ele não me parecia nem estúpido nem desesperado: ele estava certo, eu também gostaria de dizer e fazer as coisas que ele dizia e fazia, invejava-o porque soubera agir antes de mim, porque podia jogar com a idéia do medo e da peste no espelho.

Mas, apesar da intensidade do meu medo, apesar de eu dizer comigo que acabara de ver coisas em mim que nunca antes tinha percebido, de algum modo não conseguia me livrar da sensação de que aquilo tudo era um jogo. Seus dedos não me apertavam mais a nuca, mas não me afastei do espelho. "Agora sou igual a você", disse Hoja em seguida. "Agora conheço seu medo.

Eu me transformei em você!" Entendi o que ele queria dizer, mas tentei convencer-me da estupidez e da infantilidade daquela profecia que hoje, porém, sei que em parte era verdadeira. Ele afirmava que agora era capaz de ver o mundo com os mesmos olhos que eu; e que finalmente entendia como os "outros" pensavam, como os "outros" — e tornava a usar a palavra — se sentiam. Afastando o olhar do espelho, continuou a falar por algum tempo, olhando a mesa, os copos, as cadeiras, os objetos que a luz da lamparina mal-e-mal iluminava. Repetiu que agora seria capaz de dizer coisas que antes nunca dissera porque não conseguia discerni-las, mas eu, por minha vez, achava que ele estava enganado: as palavras continuavam as mesmas, assim como os objetos. O único elemento novo era seu medo; não, nem sequer o medo: sua maneira de viver o medo. Mas me pareceu que mesmo isso — essa atitude que ainda hoje não consigo descrever com clareza — era só uma pose que ele ostentava diante do espelho, algum truque novo. E, a despeito da sua vontade, abandonando a contragosto a pose e o jogo, sua mente era de novo tomada por aquela pústula vermelha, e ele se perguntava se aquilo seria a peste ou a picada de um inseto.

Num certo momento, ele disse que queria retomar tudo do ponto onde eu parara. Ainda estávamos seminus, lado a lado, diante do espelho. Ele tomaria meu lugar, e eu, o dele. Para tanto, bastaria trocarmos de roupa: ele cortaria a barba, eu deixaria crescer a minha. Essa idéia tornou nossa semelhança no espelho ainda mais assustadora, e meus nervos crisparam-se quando o ouvi dizer que, com a troca, era eu que haveria de libertá-lo! Descreveu exultante o que faria quando, fazendo-se passar por mim, chegasse ao meu país no meu lugar. Fiquei estupefato ao perceber que ele guardara na memória tudo o que eu lhe contara sobre minha infância e juventude, até os mínimos pormenores, e que com base nesses detalhes acabara construindo um país a seu gosto, irreal, estranho e fantástico. Minha vida escapava ao meu controle e era conduzida noutra direção à sua vontade, e eu só podia observar de fora, passivamente, tudo o que eu tinha vivido — como num sonho. Contudo, a viagem que ele pretendia fazer ao meu país no meu lugar, a vida que pretendia viver lá, pareciam-me tão estranhamente cômicas e ingênuas, que eu não conseguia acreditar no que ele me dizia. Ao mesmo tempo, fiquei surpreso com a lógica dos detalhes do que ele imaginava. Tive vontade de lhe dizer que aquilo tudo era plausível, que eu poderia ter vivido a vida que ele descrevia. Então, entendi que, pela primeira vez, percebia alguma coisa mais profunda sobre a vida de Hoja, mas ainda não sabia dizer exatamente do que se tratava. Só podia escutar com espanto o relato de tudo o que "eu" tinha vivido no meu universo de outrora, de que sentia tanta falta já fazia tantos anos; e, assim, eu esquecia o medo da peste.

Mas isso não durou muito. Agora, Hoja queria que eu dissesse o que faria quando tomasse o lugar dele. Meus nervos estavam tão exaustos de me manter rígido naquela pose bizarra, fazendo um esforço para acreditar que não éramos tão parecidos assim e que aquele inchaço era só uma picada de inseto, que não me ocorreu nenhuma idéia. Hoja insistiu. Então, lembrei que tinha planejado escrever minhas memórias quando voltasse ao meu país: quando lhe disse que um dia eu talvez pudesse transformar suas aventuras numa boa história, olhou-me com desprezo. Não o conhecia tão bem quanto ele conhecia a mim — na verdade, não o conhecia de todo! Empurrou-me para se plantar sozinho diante do espelho: quando ele tomasse meu lugar, iria contar tudo o que acontecera comigo! Além disso, aquele inchaço era um bubão da peste, e eu ia morrer. Descreveu como seriam horríveis os sofrimentos da minha agonia; o medo que tomaria conta de mim, um medo para o qual eu não estava preparado, pois nunca imaginara ser possível. Enquanto Hoja me imaginava às voltas com os tormentos da doença, afastara-se do espelho; quando me virei dali a instantes, ele estava estendido na sua cama, que desenrolara desordenadamente no chão, e descrevia com riqueza de gestos as torturas que estavam reservadas para mim. Sua mão estava pousada na barriga, como se, pensei, tentasse tocar a dor que descrevia. Nesse exato momento, ele deu um grito, e, quando me aproximei, trêmulo, na mesma hora me arrependi; ele tentou novamente encostar as mãos em mim. Não sei por quê, eu agora estava convencido de que se tratava apenas de uma picada de inseto, mas ainda assim continuava com medo.

A noite inteira, passamos desse modo. Ao mesmo tempo que ele tentava me contagiar com a doença e com o medo dela, ficava repetindo que eu era ele e ele era eu. Está querendo se ver de fora, pensei, apreciar o espetáculo que oferece; e repetia comigo, como quem se debate para despertar de um pesadelo: é só um jogo; apenas um jogo; aliás, ele próprio usava a palavra "jogo". Mas estava coberto de suor, não como quem se sente sufocar num quarto superaquecido, mas como um doente com dores por todo o corpo.

Quando o sol nasceu, ele ainda falava das estrelas e da morte, das suas falsas previsões, da estupidez do sultão e, pior, da ingratidão do soberano; falava das "nossas" idéias e das idéias dos "outros", dizia-me que queria se tornar "outro", mas eu já não lhe dava ouvidos. Saí para o jardim. Por algum motivo, tudo o que ocorria à minha mente eram as idéias sobre a imortalidade que eu havia lido num livro antigo. Do lado de fora, o único movimento era o das andorinhas, que chilreavam e adejavam de galho em galho entre as tílias. Que calmaria impressionante! Pensei noutras casas, noutros quartos e salas de Istambul onde agonizavam vítimas da peste. Se a doença de Hoja fosse a peste, pensei, ele continuaria a se comportar daquele jeito até a morte; se não fosse, continuaria até que aquele inchaço vermelho desaparecesse. Mas agora eu tinha percebido que não conseguiria viver muito mais tempo naquela casa. Mas para onde poderia fugir, onde poderia me esconder? Quando tornei a entrar em casa, só pensava em algum lugar onde pudesse escapar de Hoja e da peste. Enquanto enfiava algumas roupas numa sacola, só sabia que esse lugar precisava ser perto, para que eu pudesse chegar lá antes que a peste me alcançasse.

7.

Eu guardara algum dinheiro furtando moedas de Hoja sempre que podia, e ainda me restava um pouco que eu ganhara com trabalhos variados aqui e ali. Antes de sair de casa, peguei esse dinheiro na arca onde o escondera dentro de uma meia cercada de livros pelos quais ele já nem se interessava. Impelido pela curiosidade, entrei em seguida no quarto de Hoja, onde ele tinha adormecido, coberto de suor, com a lamparina acesa. Fiquei surpreso ao ver como era pequeno o espelho que me aterrorizara a noite inteira, exibindo aquela semelhança demoníaca em que eu nunca acreditara por completo. Sem tocar em nada, depressa deixei a casa. Uma brisa ligeira soprava enquanto eu andava pelas ruas vazias das redondezas. Tive o impulso de lavar as mãos, sabia para onde ia, estava contente. Apreciava aquela caminhada pelas ruas vazias no silêncio do amanhecer, descendo as colinas na direção do mar, lavando as mãos nas fontes, os olhos repletos da visão do Chifre de Ouro.

Quem me falou pela primeira vez sobre a ilha de Heybeli foi um jovem monge que viera de lá para Istambul; logo que nos conhecemos no bairro europeu de Galata, ele descreveu a beleza das ilhas com um entusiasmo que me marcou, pois, quando deixei nosso bairro, sabia que era para lá que queria ir. Os balseiros e pescadores com quem conversei cobraram quantias incríveis para me levar até a ilha, e fiquei deprimido pensando que sabiam que eu era um fugitivo — e que haveriam de me trair, delatando-me aos homens que Hoja mandaria atrás de mim! Mais tarde, julguei que fosse assim que tentavam intimidar os cristãos a quem desprezavam por temer a peste. Tentando não chamar atenção, negociei com o próximo barqueiro com quem conversei. Não era um homem muito forte e, em vez de se empenhar nos remos, preferia tagarelar. Explicou-me quais pecados a peste fora enviada para punir e acrescentou que não adiantava nada procurar refúgio nas ilhas para tentar escapar da doença. Enquanto ele falava, notei que devia estar com tanto medo quanto eu. A viagem levou seis horas.

Os dias que passei na ilha foram felizes, mas só fui perceber essa felicidade bem depois. Pagava pouco para morar na casa de um pescador grego sem família, e procurava me manter fora da vista das pessoas, pois não me sentia totalmente seguro. Às vezes pensava que Hoja devia estar morto, às vezes pensava nos esbirros que ele mandaria no meu encalço. Na ilha, havia muitos cristãos que fugiram da peste como eu, mas eu não queria que reparassem muito em mim.

Eu saía para o mar com o pescador toda manhã, bem cedo, e só voltava no fim da tarde. De início, peguei o gosto de fisgar lagostas e caranguejos com um arpéu. Quando o tempo estava ruim demais para a pesca, eu caminhava pela ilha, e havia ocasiões em que ia até os jardins do mosteiro e dormia pacificamente à sombra das vinhas. Apoiado numa figueira, havia um caramanchão de onde, com tempo bom, dava para ver até a Hagia Sofia, e era ali que eu me sentava, na sombra, e ficava contemplando o panorama de Istambul e sonhando de olhos abertos horas a fio. Num dos sonhos, eu estava no mar e via Hoja cercado pelos golfinhos que tinham acompanhado nosso barco na viagem para a ilha. Hoja ficava amigo deles e lhes perguntava por mim; decerto, ele devia estar à minha procura. Noutro sonho, minha mãe estava com ele, e os dois me repreendiam porque eu estava atrasado. Quando acordava, coberto de suor e com o sol batendo em cheio na cara, só queria uma coisa: tornar a mergulhar naqueles sonhos. Mas não conseguia, e me entregava a novos devaneios: às vezes, imaginava que Hoja morrera e via o corpo dele dentro da casa vazia que abandonara; imaginava o funeral silencioso, que não era seguido por ninguém. Rememorava suas previsões, tanto as engraçadas, que ele inventava de bom humor, como as que improvisava com ódio e irritação; pensava no sultão e nos seus animais. E as lagostas e caranguejos cuja carapaça eu trespassava com meu arpéu acompanhavam esses devaneios diurnos com os pesados movimentos das suas garras.

Dia após dia, eu tentava me convencer de que conseguiria fugir para voltar ao meu país. Só precisava furtar o dinheiro necessário nas casas da ilha, cujas portas e janelas ficavam sempre abertas. Antes disso, porém, era essencial que esquecesse Hoja. Porque, sem perceber, eu me entregava ao fascínio das minhas aventuras, às tentações e aos malefícios da memória; quase me culpava por ter abandonado às portas da morte uma criatura tão parecida comigo. A bem da verdade, eu sentia intensas saudades dele, como sinto ainda hoje. E perguntava-me se ele se parecia mesmo tanto comigo quanto nas minhas lembranças, ou se não seria uma ilusão. Até disse a mim mesmo que nunca havia realmente olhado para o rosto dele naqueles onze anos, nem uma vez; mas a verdade é que o conhecia muito bem. Cheguei a sentir o impulso de voltar naquela mesma hora a Istambul para ver seu corpo uma última vez. Mas tomei uma decisão: se era para eu me libertar, eu precisava me convencer de que aquela incrível semelhança entre nós dois não passava de uma trapaça da memória, de uma ilusão desagradável que eu tinha de esquecer o mais rápido possível. E precisava me acostumar a essa realidade.

Mas por sorte não tive tempo de me acostumar! Pois, um belo dia, vi de repente Hoja assomar diante de mim. Eu me deitara no quintal da casa do pescador, sonhando acordado, os olhos fechados voltados para o sol, quando senti sua sombra. Ele estava de frente para mim, sorrindo não como quem tivesse me derrotado num jogo, mas como quem me amasse. Tive uma sensação extraordinária de segurança, tão intensa que me deixou alarmado. Talvez fosse aquilo que eu esperava em segredo, porque logo mergulhei nos sentimentos de culpa do escravo preguiçoso, do criado humilde e reverente. Enquanto eu juntava minhas coisas, em vez de odiar Hoja, insultava a mim mesmo. E ainda foi ele quem pagou minha dívida com o pescador. Viera acompanhado de dois homens, e nossa viagem de volta foi rápida, movida a dois remadores. Chegamos em casa antes de cair a noite. E foi com grande prazer que reencontrei os cheiros daquela moradia. O espelho tinha sido retirado da parede.

Na manhã seguinte, Hoja postou-se na minha frente e me repreendeu: meu crime era muito sério, e ele ardia de vontade de me dar o castigo merecido, não só por ter fugido mas também por tê-lo abandonado no leito de morte, acreditando que uma simples picada de inseto era um bubão da peste. Mas agora não era o momento de pensar em castigo. Explicou que na semana anterior o sultão finalmente mandara chamá-lo e lhe perguntara quanto tempo a peste ainda iria durar, quantas vidas mais iria custar e se sua própria vida estava ou não em perigo. Tomado de pânico porque não esperava essas perguntas, Hoja dera apenas respostas evasivas e pedira mais tempo, porque precisava observar os astros. Voltara para casa muito agitado, com uma sensação de triunfo, mas não sabia ao certo como manipular em seu benefício aquele interesse do monarca. De modo que decidira me trazer de volta.

Fazia muito tempo que sabia onde eu estava; logo que eu fugira, ele pegara um forte resfriado, mas saíra à minha procura, ainda doente, três dias mais tarde: encontrara minha pista com os pescadores, e bastou-lhe abrir um pouco a bolsa para o barqueiro falastrão revelar que me transportara para Heybeli. Como Hoja sabia que eu não tinha meios de ir mais longe, deixando as ilhas, decidira não me seguir. Depois, quando me explicou que a nova relação que acabara de travar com o sultão era a oportunidade mais importante da sua vida, concordei. Então, ele admitiu com toda a franqueza que precisava dos meus conhecimentos.

Começamos a trabalhar imediatamente. Hoja tinha o ar decidido de quem sabe o que quer; fiquei muito satisfeito com aquele ar de determinação que eu jamais vira nele. Sabendo que ele tornaria a ser chamado no dia seguinte, resolvemos fazer o possível para ganhar tempo. Antes de mais nada, concordamos que ele não devia dar muitas informações, limitando-se ao que tivesse como provar. A inteligência de Hoja — que eu tanto admirava — levara-o à conclusão de que "a previsão do futuro não passa de uma palhaçada, mas pode ser usada para influenciar os idiotas". Quando ele ouviu minhas explicações, pareceu pronto a admitir que a peste era uma calamidade que só poderia ser detida por medidas sanitárias. Como eu, ele não negava que houvesse uma ligação entre a calamidade e a vontade de Deus, mas a relação era só indireta. Eis por que os mortais podiam arregaçar as mangas e tomar certas providências para lutar contra a calamidade, sem com isso ofender o amor-próprio do Todo-Poderoso. Afinal, o próprio califa Omar, a fim de proteger seu exército contra a peste, não havia chamado de volta o general Ebû Ubeyde, da Síria para Medina? Para proteger a saúde do sultão, Hoja recomendaria que este reduzisse ao máximo os contatos com outras pessoas, inclusive os membros da sua corte. A fim de convencer o soberano a tomar essas precauções, chegamos a pensar em despertar o medo da morte no seu coração. Mas isso podia ser perigoso: o sultão nunca estava totalmente só, de modo que era difícil chegar a assustá-lo com uma mera descrição da morte — por mais evocativa que fosse. Mesmo que os longos discursos de Hoja o deixassem impressionado, ele vivia cercado por uma verdadeira multidão de idiotas com quem poderia falar do seu temor e cuja ajuda poderia fazê-lo perder o medo. Em seguida, aqueles idiotas inescrupulosos poderiam acusar Hoja de impiedade. Assim, confiando no meu conhecimento da literatura, inventamos uma história para contar ao monarca.

O que mais preocupava Hoja era encontrar a maneira de decidir quando a peste poderia acabar. Percebi que nosso ponto de partida teria de ser o número de mortes diárias; quando disse isso a Hoja, ele não pareceu ficar muito impressionado. Concordou em pedir ajuda ao sultão para obter essas cifras, mas disse que não iria revelar a verdadeira intenção do seu pedido. Não sou um grande crente em matemáticas, mas estávamos de mãos atadas.

Na manhã seguinte, ele foi ao palácio, e eu saí pela cidade dominada pela peste. Eu continuava com o mesmo medo, mas o movimento ruidoso da vida cotidiana, o desejo de ter algum papel no destino do mundo, mesmo que ínfimo, fazia minha cabeça girar. Era um lindo dia, um dia fresco de verão; enquanto vagava pela cidade, entre os mortos e os agonizantes, pensei que fazia muitos anos que não sentia tamanho amor pela vida. Entrei nos pátios das mesquitas, anotei o número de caixões num pedaço de papel, e depois percorri vários bairros, tentando estabelecer uma relação entre o espetáculo que se desenrolava diante dos meus olhos e a contagem de mortos. Não era fácil atribuir algum sentido ao que eu via ao redor: aquelas casas, aquelas pessoas, as multidões que andavam pelas ruas, as alegrias ou as dores. Além do mais, como que tomados por uma estranha preferência, meus olhos só se concentravam nos detalhes, na vida dos outros, na felicidade ou no desamparo, ou ainda na indiferença dessas pessoas que viviam nas suas casas com suas famílias e seus amigos.

Perto do meio-dia, atravessei para a outra margem do Chifre de Ouro, até o bairro europeu de Galata, e, aturdido pelas multidões e pelos cadáveres, saí vagando pelos cafés pobres das redondezas dos estaleiros, fumei timidamente um narguilé, comi numa taverna humilde, percorri lojas e bazares, sempre impelido pelo desejo de compreender. Queria gravar cada detalhe na mente, de modo a poder chegar a alguma conclusão. Voltei para casa depois que anoitecera, exausto, e ouvi o relato que Hoja me fez da sua ida ao palácio.

As coisas correram bem. A história que tínhamos inventado afetou profundamente o sultão! Sua mente aceitou a idéia de que a peste era como um demônio que, para causar mais danos ao homem, decidisse enganá-lo assumindo a forma humana: ele resolveu proibir a entrada de estranhos no palácio; as idas e vindas passariam a ser mantidas sob a mais estrita vigilância. Quando perguntaram a Hoja quando e como a peste haveria de acabar, ele respondeu com tamanha eloqüência que o soberano declarou ter visto Azrael, o anjo da morte, vagando pela cidade como um bêbado; escolhia suas vítimas e as pegava pela mão, levando-as consigo. Inquieto, Hoja se apressou em corrigi-lo, não era Azrael que arrastava suas vítimas para a morte, mas Satã; e, além do mais, Satã não era um bêbado, ao contrário, era cheio de truques. Como tínhamos planejado, Hoja anunciou que era preciso declarar guerra a Satã. Quanto a saber o momento em que a peste deixaria a cidade em paz, para tanto era crucial observar os movimentos da doença. Embora alguns membros da comitiva do sultão tenham protestado, dizendo que declarar guerra à peste era opor-se à vontade de Deus, o sultão não lhes deu ouvidos. Em seguida, perguntou a Hoja sobre seus animais: será que o demônio da peste poderia atingir seus falcões, seus leões, seus macacos? Hoja respondeu na mesma hora que o demônio aparecia aos homens na forma de um homem, e aos animais, na forma de um rato. Em resposta, o monarca ordenou que trouxessem quinhentos gatos de uma cidade distante, aonde a peste não chegara, e que dessem a Hoja quantos homens ele pedisse para ajudar nas suas pesquisas.

Imediatamente, espalhamos os doze homens sob o nosso comando pelos quatro cantos de Istambul, com ordens de percorrer cada bairro e nos comunicar tudo o que observassem, além de nos trazer os números de mortos. Abrimos na nossa mesa um mapa grosseiro de Istambul que eu havia copiado dos livros e depois corrigido o melhor que pudera. Ao cair da noite, marcávamos no mapa, com algum temor mas também com grande prazer, os lugares que a peste tinha atingido, analisando em seguida os resultados para decidir o que diríamos ao sultão.

Num primeiro momento, não ficamos otimistas. A peste não percorria a cidade como um demônio astucioso, e sim como um vagabundo errante. Num dia ela tirava quarenta vidas no distrito de Aksaray, no outro atacava Fatih, aparecia de repente na margem oposta, em Tophane, Jihangir, e no dia seguinte, quando olhávamos de novo, mal afetara esses lugares e, depois de passar por Zeyrek, entrara em nosso bairro com vista para o Chifre de Ouro ceifando vinte vidas. Não conseguíamos concluir nada com base na contagem dos mortos; num dia eram quinhentos, no outro apenas cem. Precisamos de bastante tempo para perceber que tínhamos de registrar não o lugar onde as pessoas morriam de peste, mas o lugar onde haviam entrado em contato com seus miasmas. O sultão voltou a convocar Hoja. Pensamos com muito cuidado e concluímos que ele devia dizer ao soberano que a peste perambulava pelos mercados mais concorridos, pelos bazares onde as pessoas enganavam umas às outras, pelos cafés onde todos sentavam bem próximos para tagarelar e espalhar boatos. Em seguida, Hoja dirigiu-se ao palácio, de onde só retornou à noite.

Depois de escutar o que ele disse, o sultão perguntou-lhe: "Que devemos fazer?". Hoja aconselhou-o a recorrer à força para reduzir o movimento nos mercados, bem como as entradas na cidade e as saídas: os idiotas que cercavam o soberano protestaram na mesma hora, é claro: como é que a cidade seria abastecida? Se os negócios parassem, a vida também pararia! Ao saber que a peste vagava pela cidade na forma de um homem, todos ficariam aterrorizados, iriam acreditar que o Dia do Juízo se aproximava e perderiam o controle; ninguém iria aceitar ficar preso a um bairro freqüentado pelo demônio da peste; uma rebelião poderia ocorrer a qualquer momento. "E tinham toda a razão", disse-me Hoja. Nesse instante, um daqueles idiotas perguntou onde iriam encontrar homens em número suficiente para conter o populacho, e o monarca ficou irritado: deixou todos muito assustados ao declarar que castigaria o primeiro que pusesse em dúvida sua autoridade. Enraivecido, ordenou que as recomendações de Hoja fossem adotadas imediatamente, mas não sem antes consultar seu círculo de cortesãos. O astrólogo imperial Sitki Efendi, cujos dentes sempre se mostravam afiados quando se tratava de Hoja, lembrou então ao soberano que Hoja ainda não lhes dissera quando a peste deixaria Istambul. Com medo de que o sultão desse ouvidos ao astrólogo da corte, Hoja prometeu levar um calendário na visita seguinte.

Tínhamos coberto de marcas e números o mapa na nossa mesa, mas ainda não descobríramos a lógica seguida pela peste nos seus movimentos pela cidade. A essa altura, o edito imperial fora publicado, e as proibições recomendadas já vinham sendo observadas havia mais de três dias. Os janízaros guardavam as entradas dos mercados, as grandes avenidas e os embarcadouros do Bósforo, detendo os passantes e lhes fazendo perguntas: "Quem é você? Aonde está indo? De onde vem?". Mandavam que os viajantes, surpresos, voltassem para suas casas a fim de não ser contaminados pela peste; e não poupavam quem saíra a passeio. Quando ficamos sabendo que a atividade tinha diminuído muito no Grande Bazar e no mercado de cereais de Unkapı, já reuníramos todos os números de mortes diárias que havíamos coletado ao longo do mês anterior, anotando-os em folhas de papel que pregamos na parede. Na opinião de Hoja, era em vão que esperávamos que a peste começasse a se deslocar de acordo com alguma lógica; se quiséssemos salvar nossas cabeças, precisávamos inventar alguma coisa para manter o sultão distraído.

Foi nessa época que se adotou o sistema de salvo-condutos. O *agha* dos janízaros distribuiu papéis a todos cujo trabalho era considerado necessário para que o comércio continuasse a funcionar e a cidade se mantivesse abastecida. Quando pela primeira vez comecei a enxergar um padrão no número de mortes, ficamos sabendo que o *agha* vinha recebendo imensas quantias com a venda daquelas licenças e que os pequenos comerciantes, recusando-se a pagar, tinham dado início aos preparativos de uma rebelião. Enquanto Hoja dizia que o grão-vizir Köprülü planejava uma conspiração aliado aos pequenos comerciantes, eu o interrompi para falar do padrão e me esforcei para fazê-lo acreditar que a peste vinha recuando aos poucos dos bairros mais afastados e das áreas mais pobres da cidade.

Minhas palavras não o convenceram de todo, mas ainda assim ele me delegou a tarefa de preparar o calendário. Disse que escrevera uma história para distrair o sultão, uma história tão sem sentido, que ninguém poderia deduzir nada com base nela. E, alguns dias depois, perguntou-me se eu achava possível inventar uma história só pelo prazer que traria a quem a lesse ou escutasse, sem apresentar uma determinada moral ou um significado particular. "Como a música?", indaguei, e Hoja ficou surpreso. Concluímos que a história ideal deveria começar de maneira bem inocente, como um conto de fadas, tornar-se assustadora como um pesadelo no meio e finalizar numa nota melancólica, como uma história de amor que terminasse com a separação dos amantes. Na noite anterior à sua ida ao palácio, trabalhávamos depressa, mas de bom humor, conversando alegremente. Na sala ao lado, o calígrafo canhoto nosso amigo produzia uma cópia nova do início da história que Hoja ainda não conseguira terminar. Quase de manhã, trabalhando com base nos números limitados de que dispúnhamos e nas equações que eu passara dias me empenhando em formular, cheguei à seguinte conclusão: a peste faria suas últimas vítimas nos mercados, antes de deixar a cidade num prazo de vinte dias. Hoja nem me perguntou no que eu fundamentara aqueles resultados e, observando apenas que o dia da salvação ainda estava muito distante, pediu-me que revisasse o calendário para que se estendesse por um total de duas semanas, e também que disfarçasse essa duração com cálculos adicionais. Não estava tão otimista quanto ele, mas fiz o que me pediu, e, ali mesmo, Hoja compôs pequenos cronogramas em verso para algumas datas do calendário, entregando-os ao calígrafo, que estava prestes a completar seu trabalho, e pedindo-me que fizesse desenhos para ilustrar alguns versos. Pouco antes do meio-dia, saiu de casa às pressas e mandou encadernar o tratado e revesti-lo com uma capa azul marmorizada, partindo com ele para o palácio: estava irritado, deprimido e assustado. Declarou-me que tinha menos fé no calendário que nos pelicanos, nos touros alados, nas formigas vermelhas e nos macacos falantes que distribuíra meio ao acaso por sua história.

Quando voltou à noite, estava muito satisfeito, e essa exaltação persistiu durante as três semanas de que precisou para convencer completamente o sultão da solidez do que previra. No início, ele repetia: "Tudo pode acontecer!", e no primeiro dia não estava muito esperançoso; alguns cortesãos do círculo mais próximo ao soberano chegaram a rir abertamente quando ouviram a história de Hoja lida por um jovem de belíssima voz. É claro que reagiram assim de propósito, para humilhar Hoja e fazê-lo perder o favor do sultão, mas este os repreendeu, mandando que se calassem; só perguntou a Hoja em que sinais ele baseara a conclusão de que a peste acabaria em duas semanas. Hoja respondeu que todas as explicações estavam contidas na história, a qual ninguém tinha entendido. Então, a fim de agradar ao monarca, manifestou um interesse afetuoso pelos gatos de todas as cores que haviam sido trazidos de navio de Trebizonda e agora se amontoavam nos pátios e aposentos do palácio.

Na volta da sua visita seguinte ao palácio, contou que a corte estava dividida em dois grupos; um deles, capitaneado pelo astrólogo imperial Sitki Efendi, pedia a retirada de todas as restrições impostas à vida da cidade; os outros, tomando o partido de Hoja, diziam: "Pois que a cidade pare até de respirar, para sufocar o demônio da peste que a vem assolando!". Quanto a mim, eu via o número de mortos diminuir dia após dia e me sentia confiante, mas Hoja ainda estava ansioso. Dizia-se à boca pequena que o grupo dos descontentes tinha chegado a um entendimento com Köprülü e começara a organizar uma rebelião; sua meta não era deter o progresso da peste, mas livrar-se dos inimigos.

No fim da primeira semana, a redução no número de mortes era evidente. Mas meus cálculos mostravam que a epidemia ainda não iria desaparecer depois de mais oito dias. Reclamei com Hoja por ter modificado meu calendário, mas agora ele estava otimista; contou-me animado que os rumores que corriam sobre o grão-vizir não tinham fundamento. E, em seguida, os partidários de Hoja começaram a espalhar o boato de que Köprülü estava do lado deles. Quanto ao sultão, assustado e cansado de todas aquelas maquinações, preferia buscar a paz de espírito junto aos seus gatos.

Quando a segunda semana se encerrava, a cidade sofria mais com a asfixia provocada pelas medidas preventivas do que com a peste; a cada dia que passava, menos gente morria, mas só quem percebia isso eram aqueles que, como nós, acompanhavam a contagem dos mortos. Corriam boatos sobre a escassez de alimentos, e a poderosa Istambul parecia uma cidade abandonada; foi Hoja quem me contou, pois eu já não saía do nosso bairro: dava para sentir, disse ele, o desespero das pessoas que, detrás das janelas e portas fechadas, resistiam à peste e rezavam por algum alívio da epidemia e da morte. O palácio também vivia em estado de apreensão: cada vez que uma xícara se espatifava no chão ou alguém tossia alto, aquele bando de sabichões que passava o tempo murmurando mexericos dizia na mesma hora: "Vamos ver o que o sultão vai decidir hoje", tomados de terror como todas as almas desamparadas que ansiavam por que acontecesse logo alguma coisa, o que quer que fosse. E o próprio Hoja acabou contagiado por esse nervosismo; tentou explicar ao soberano que a peste perdia terreno aos poucos e que sua previsão estava correta, mas não foi capaz de tranqüilizá-lo e, mais uma vez, viu-se obrigado a falar de animais.

Dois dias depois, Hoja pôde concluir, com base numa contagem feita nas mesquitas, que a epidemia havia claramente recuado, mas nesse dia — era uma sexta-feira — não foi isso que causou a felicidade de Hoja: alguns comerciantes, tomados pelo desespero, tinham atacado os janízaros que guardavam as ruas e as estradas. Outros janízaros, descontentes com as medidas preventivas, uniram suas forças a alguns imãs idiotas que pregavam nas mesquitas, a vagabundos prontos para a pilhagem e a outros desocupados que diziam que a peste era a vontade de Deus e ninguém deveria interferir no seu andamento. Mas o tumulto fora contido antes de escapar ao controle. Assim que o *sheik* do islã pronunciou a *fatwa*, vinte homens foram imediatamente executados, talvez para atribuir àqueles acontecimentos uma importância maior do que tiveram. Hoja ficou encantado.

Na noite seguinte, ele me anunciou seu triunfo. No palácio, ninguém mais ousava se queixar das medidas preventivas pedindo que fossem retiradas. Convocado ao palácio, o *agha* dos janízaros falara da cumplicidade dos rebeldes com certos freqüentadores do local, o que tinha provocado a cólera do sultão. Aquele grupo de cortesãos cuja inimizade por algum tempo dificultara tanto a vida de Hoja se dispersara como um bando de perdizes que levanta vôo. Pelo que se dizia, Köprülü, que chegara a ser suspeito de colaborar com os rebeldes, anunciou que iria tomar medidas muito severas contra eles. E Hoja, com um prazer evidente, acrescentou que também em relação a isso ele conseguira influenciar o sultão. Os responsáveis pela repressão da revolta tentavam convencer o soberano de que a peste havia cedido, o que, aliás, era verdade. O sultão elogiou Hoja mais do que nunca e o levou para ver os macacos que mandara trazer da África numa jaula que encomendara especialmente para isso. Enquanto observavam aqueles animais, cuja imundície e mau cheiro enojaram Hoja, o monarca perguntou-lhe se os macacos poderiam aprender a falar, como os papagaios. Em seguida, virando-se para sua comitiva, declarou que no futuro desejava ver Hoja a seu lado com mais freqüência e que o calendário produzido por ele se mostrara exato.

Um mês depois — numa outra sexta-feira —, Hoja foi nomeado astrólogo imperial; e as homenagens que recebeu ultrapassaram em muito as devidas ao seu novo posto: quando o sultão foi à mesquita de Hagia Sofia para as preces de sexta-feira que celebrariam o fim da peste, numa cerimônia a que toda a cidade compareceu,

Hoja participou do cortejo, caminhando imediatamente atrás dele. Todas as medidas de segurança foram deixadas de lado, e eu também estava no meio da multidão entusiasmada que viera dar graças a Deus e ao sultão. Quando o soberano passou à nossa frente, montado em seu lindo cavalo, o povo gritou com todas as forças, como que em êxtase; todos se empurraram e se acotovelaram. A multidão ergueu-se numa onda, os janízaros empurraram-nos de volta, e por um momento fui esmagado contra uma árvore pelas pessoas que involuntariamente me arrastaram. Quando, desferindo cotoveladas furiosas, consegui chegar à primeira fila dos espectadores, vi-me diante de Hoja, que caminhava a quatro ou cinco passos de mim com um ar radioso de felicidade. Nossos olhares cruzaram-se, mas ele logo desviou os olhos, como se não me conhecesse. De repente, em meio àquele tumulto inacreditável, fui estupidamente contagiado pelo entusiasmo geral; acreditei que Hoja na verdade não tinha me visto e que, se eu gritasse seu nome com toda a força, ele tomaria conhecimento da minha existência e me resgataria da multidão, permitindo que eu também me juntasse àquele cortejo triunfal dos que detinham as rédeas da vitória e do poder! Não que eu desejasse me apropriar de uma parte do triunfo, ou receber qualquer recompensa pelo que fizera; o sentimento que me invadia era muito diferente: meu lugar era naquele cortejo porque eu era o próprio Hoja! Como nos pesadelos que tinha com tanta freqüência, eu me via de fora, como se fosse outro, e, se eu conseguia me observar assim, isso significava que eu era de fato outro. Eu nem queria saber a identidade dessa pessoa dentro da qual me encontrava, enquanto assistia com medo à passagem de mim mesmo sem me reconhecer. Só desejava tornar a juntar-me a ele o mais rápido possível. Mas um soldado brutal me empurrou de volta com toda a força para o meio da multidão.

8.

Nas semanas que se seguiram ao fim da peste, Hoja não só foi elevado à posição de astrólogo imperial como conseguiu forjar laços de amizade bem mais estreitos com o sultão do que jamais tínhamos esperado. Depois do fracasso daquela pequena rebelião, o grão-vizir convencera a mãe do soberano de que chegara a hora de resgatar o filho daqueles bufões que viviam ao redor dele; pois tanto os artesãos como os mercadores, além dos próprios janízaros, consideravam que aquele bando de palermas pretensiosos é que era responsável pelos acontecimentos, tendo confundido com suas bobagens o jovem monarca. E foi assim que, quando a facção do ex-astrólogo imperial Sitki Efendi, tido como participante na trama, foi expulsa do palácio e exilada ou rebaixada, suas obrigações recaíram sobre Hoja.

A essa altura, Hoja comparecia diariamente a uma das residências imperiais para avistar-se com o sultão, que costumava reservar uma parte do seu dia para aqueles colóquios. Quando Hoja voltava para casa, sempre me contava, animado e triunfante, como fora o dia dele. A cada manhã, o monarca pedia-lhe antes de mais nada que interpretasse o sonho que tivera na noite anterior. De todas as funções que Hoja assumira, aquela talvez fosse sua preferida: no dia em que o sultão lhe confessou tristemente que não sonhara com nada aquela noite, Hoja propôs-lhe interpretar o sonho de alguma outra pessoa, e ele aceitou sua idéia com entusiasmo e curiosidade. Os guardas do palácio saíram correndo à procura de alguém que tivesse bons sonhos para trazê-lo à presença do soberano. De modo que a interpretação do sonho se transformou num hábito permanente de cada manhã. O resto do tempo, enquanto caminhavam pelo jardim sombreado pelas olaias e pelos grandes plátanos em flor, ou vogavam pelo Bósforo a bordo de um caíque, o sultão e Hoja conversavam sobre os amados animais do monarca e, é claro, sobre as criaturas fabulosas que tínhamos imaginado. Mas Hoja conseguia abordar outros assuntos com o soberano, o que me contava com grande satisfação: qual seria a causa das correntezas do Bósforo? Que conhecimento valioso podia ser adquirido com a observação metódica dos hábitos das formigas? De onde os ímãs tiravam sua força de atração, além, é claro, de ser ela fruto da vontade de Deus? Qual era o significado do pisca-pisca das estrelas? Será que haveria alguma coisa a aprender nos costumes dos infiéis — afora o fato de que eram infiéis? Seria possível inventar uma arma que nos permitisse aterrorizar o exército deles e provocar sua debandada geral? Depois de me contar com quanta atenção o sultão ouvira suas palavras, Hoja instalava-se entusiasmado à beira da mesa e, nas suas folhas de um papel caro e pesado, desenhava projetos para essa arma: canhões de cano longo, mecanismos de disparo automático, máquinas de guerra cuja aparência lembrava criaturas satânicas; então, chamava-me para perto da mesa e pedia minha opinião sobre a violência daquelas imagens que, segundo ele, logo haveriam de se transformar em realidade.

Mesmo assim, eu sentia vontade de compartilhar essas ilusões com Hoja. E talvez por isso minha mente continuava às voltas com a peste, que nos fizera viver aqueles dias terríveis de vida fraterna. Istambul inteira fora à mesquita de Hagia Sofia dar graças aos Céus por terem nos libertado do demônio da peste, mas a doença ainda não se extinguira por completo na cidade. Toda manhã, enquanto Hoja corria para o palácio do sultão, eu percorria ansioso as ruas da cidade, contando o número de caixões que ainda saíam das pequenas mesquitas dos bairros com seus minaretes baixos, ou das mesquitas ainda mais pobres e modestas com seus telhados vermelhos cobertos de musgo; dominado por algum sentimento que não conseguia entender, eu me surpreendia desejando que a doença não deixasse a cidade, nem a nós dois.

Quando Hoja me contava como tinha influenciado o monarca e falava das suas vitórias, eu lhe explicava que a epidemia ainda não acabara e que, como as medidas preventivas haviam sido suspensas, poderia tornar a explodir a qualquer momento. Furioso, ele me mandava calar a boca, dizendo que eu estava com inveja do seu triunfo. E tinha razão: ele fora nomeado astrólogo imperial, o sultão contava-lhe seus sonhos toda manhã, e agora ele conseguia conversar com o sultão em particular, livre daquele bando de idiotas que antes viviam ao redor dele. Foram coisas pelas quais esperamos por quinze anos, e era realmente uma vitória. Mas por que Hoja falava como se a vitória fosse apenas dele? Parecia ter esquecido que fora eu quem propusera as medidas contra a peste, que fora eu quem preparara o calendário, não muito preciso, talvez, mas recebido como se o fosse. E o que me deixava ainda mais ressentido era que ele só se lembrava da minha fuga para as ilhas, e não das circunstâncias em que me trouxera de volta às pressas para Istambul.

Talvez ele tivesse mesmo razão. O que eu sentia talvez pudesse ser chamado de inveja, mas o que ele não percebia era que se tratava de um sentimento fraterno. E, quando evoquei o período anterior à peste, em que costumávamos sentar-nos às duas pontas da mesa como dois velhos solteirões que tentavam espantar o tédio das noites solitárias; quando rememorei nossos medos e tudo o que eles tinham nos ensinado; quando lhe confessei que sentira falta daquelas noites quando estava sozinho na ilha, ele me ouviu com desprezo, como se estivesse apenas observando minha hipocrisia num jogo de que se recusava a participar; e não me deu a menor esperança, o menor sinal, de que pudéssemos voltar àqueles dias em que vivíamos juntos como irmãos.

Ao percorrer vários bairros, eu podia ver que, apesar da suspensão das restrições, a peste deixava lentamente a cidade, como se não quisesse lançar uma sombra sobre o que Hoja chamava de vitória. Às vezes, eu me perguntava por que me sentia tão só quando pensava que o medo sinistro da morte estava se retirando do nosso meio e indo embora. Às vezes, queria conversar com Hoja não sobre os sonhos do sultão ou sobre os projetos que ele lhe apresentava, mas sobre os primeiros tempos que passamos juntos. Já fazia tempo que eu me sentia pronto a postar-me novamente a seu lado, mesmo com o medo da morte, e enfrentar o espelho terrível que ele retirara da parede. Mas já fazia muito tempo que Hoja me tratava com desprezo, ou fingia me desprezar; e, pior, às vezes eu acreditava que nem desprezo ele sentia por mim.

De tempos em tempos, tentando atraí-lo de volta para a vida feliz que tínhamos antes, eu lhe dizia que chegara a hora de tornarmos a nos sentar juntos à mesa. Como que para dar o exemplo, duas ou três vezes tentei escrever. Quando quis ler para ele as páginas que havia preenchido com relatos um tanto exagerados sobre os terrores da peste, sobre o desejo de pecar que nasce do medo e sobre meus pecados, que eu não confessara por completo, ele nem sequer me deu ouvidos. E respondeu-me em tom de zombaria, com uma violência que talvez se devesse mais ao meu desamparo que ao seu próprio triunfo, que já sabia havia muito que tudo o que eu escrevia não passava de bobagens, e que naquela época só se entregara à brincadeira por puro tédio, para ver até onde aquilo poderia nos levar. Tinha sido um modo de me pôr à prova: de qualquer maneira, ele entendera que tipo de homem eu era no dia em que, acreditando que ele estivesse contagiado pela peste, eu decidira fugir e abandoná-lo. Eu era um pecador, um homem capaz de cometer o mal! Havia dois tipos de homem: os justos — como ele — e os pecadores como eu.

Não dei resposta a essas palavras, que preferi atribuir à embriaguez da vitória. Minha inteligência ainda era a mesma, e, quando me surpreendi irritando-me com coisas triviais, notei que não perdera a capacidade de me indignar. Mas eu não conseguia saber de que maneira devia reagir às provocações dele, nem como enganá-lo, ou como pegá-lo numa armadilha. Durante os dias que passei refugiado na ilha de Heybeli, eu percebera que minhas intenções já não eram tão claras quanto antes. Voltar a Veneza? Mas para quê? Ao cabo daqueles quinze anos, já aceitara havia muito que minha mãe tinha morrido e que eu perdera minha noiva, a qual devia estar casada e ser mãe de família; não queria mais pensar nelas, e cada vez elas apareciam menos nos meus sonhos. Além disso, já não me via reunido a elas em Veneza, como nos primeiros anos. Agora, sonhava que elas é que vinham viver em Istambul, junto a nós. Sabia que, caso voltasse a Veneza, nunca mais poderia retomar minha vida do ponto onde a deixara. O máximo que eu poderia conseguir seria começar uma existência totalmente diferente. E ficar imaginando os pormenores dessa nova vida já não me despertava o menor entusiasmo — exceto pela idéia dos livros que eu poderia escrever sobre os costumes dos turcos e sobre meus anos de cativeiro.

Às vezes, ocorria-me que Hoja me tratava com desprezo porque percebia em mim aquela falta de raízes e de projetos para o futuro, e porque constatava minhas fraquezas. Às vezes, eu achava que nem isso ele era capaz de compreender. Todo dia, chegava tão embriagado com as histórias fabulosas que contava ao sultão, com a descrição que imaginara das conquistas daquela arma incrível, que vinha planejando nos menores detalhes e, segundo ele, haveria de assegurar as vitórias do soberano e assumir uma importância capital na sua mente, que talvez nem se preocupasse com o que eu estava pensando. E eu me surpreendia observando com inveja a felicidade daquele homem totalmente absorto em si próprio. Eu amava o entusiasmo excessivo inspirado por seus triunfos tão exagerados, seus planos infindáveis, e a maneira como erguia a mão com a palma para cima, olhava para ela e dizia que em pouco tempo era ali que estaria o sultão. Eu não ousava admitir esses pensamentos nem para mim mesmo, mas, enquanto acompanhava seus movimentos, seus gestos, suas atitudes no dia-a-dia, às vezes era tomado de assalto pela sensação de que era a mim que eu observava. Diante dos gestos ou dos modos de uma criança ou de um jovem, às vezes temos a sensação de rever nossa própria infância e juventude, e contemplamos aquela outra pessoa com benevolência e inquietação. A curiosidade e o medo que eu sentia eram desse tipo; muitas vezes, eu rememorava suas palavras no dia em que ele me agarrara pela nuca: "Eu me transformei em você". Mas, sempre que eu lhe lembrava aquela época, Hoja interrompia-me para contar o que dissera naquele dia ao sultão a fim de tornar crível aos seus olhos a inacreditável máquina de guerra que ele pretendia construir, ou descrevia em detalhes para mim como, naquela manhã, conseguira influenciar a mente do monarca ao interpretar seu sonho.

Também eu gostaria muito de poder acreditar naqueles sucessos retumbantes que ele me descrevia adornando de todas as maneiras a narrativa. Às vezes, eu me deixava seduzir pela extravagância das suas fantasias e me punha no seu lugar, sentindo uma grande satisfação com tudo aquilo. Nesses momentos, eu gostava ainda mais dele, e também de mim, de nós; e, boquiaberto como um simplório que escuta um conto de fadas, deixava-me levar pelo que ele me contava, imaginando que falava dos dias magníficos que estavam por vir como de uma meta que perseguíamos juntos.

E foi assim que fui levado a dar-lhe apoio na interpretação dos sonhos do sultão. Hoja decidira estimular o monarca, na época com vinte e um anos, a almejar um controle maior sobre o governo. Para tanto, explicou-lhe que os cavalos solitários que o sultão tantas vezes via nos sonhos em galope desenfreado estavam infelizes por não ter quem os cavalgasse; já os lobos que cravavam as presas impiedosas na garganta da caça estavam felizes porque resolviam eles mesmos seus problemas; que as velhas em prantos, as lindas jovens cegas ou as árvores cujas folhas eram arrancadas por uma chuva negra lhe pediam socorro; que as aranhas sagradas e os orgulhosos falcões simbolizavam as virtudes da solidão e da independência. Queríamos que o soberano se interessasse por nosso saber depois de assumir plenamente as rédeas do governo, e, para tanto, chegamos até a explorar seus pesadelos. Durante as noites que se seguiam às longas e exaustivas expedições de caça do sultão, quando lhe ocorria, como a tantos grandes caçadores, ver-se em sonho transformado na presa e acossado pela matilha, ou quando, com medo de perder o trono, ele se via de novo criança sentado nele, Hoja explicava-lhe que no trono ele haveria de permanecer para sempre, e que escaparia das armadilhas dos inimigos sempre vigilantes, contanto que fabricasse armas superiores às deles. O soberano sonhava que seu avô, o sultão Murat, demonstrava sua força cortando um jumento no meio com um único golpe de espada e que as duas metades saíam galopando em direções opostas; que a bruxa conhecida como sultana Kössem, sua avó, erguia-se completamente nua da tumba para tentar estrangulá-lo e também à mãe dele; que figueiras tinham crescido no lugar dos plátanos do hipódromo, e dos seus galhos pendiam não frutos, mas cadáveres ensanguentados; que homens maus de rosto praticamente igual ao dele o perseguiam decididos a estrangulá-lo e depois enfiar seu cadáver num dos sacos que carregavam; ou que um imenso bando de tartarugas com velas acesas presas ao dorso entrava no mar em Uskudar e nadava direto para o palácio, sem que a chama das velas fosse apagada pelo vento. Dizíamos que estavam enganados os cortesãos que murmuravam que o monarca não dava a devida atenção aos negócios do governo e só pensava na caça e nos animais. Todos esses sonhos, que eu anotava e classificava com grande prazer e paciência, nós tentávamos interpretar de um modo que reafirmasse a utilidade da ciência e a necessidade urgente de construir uma arma inédita, que precisávamos inventar.

Segundo Hoja, nossa influência sobre o monarca não parava de aumentar. Já eu deixara de acreditar que teríamos sucesso. Por mais que Hoja houvesse obtido do sultão a promessa de mandar construir um observatório ou uma casa da ciência, ou a autorização de trabalhar no projeto de uma nova arma — com que ele passava noites sonhando com entusiasmo —, os meses transcorriam sem que tivesse uma única oportunidade de falar seriamente sobre aqueles assuntos com o soberano. Um ano depois da epidemia de peste, quando o grão-vizir Köprülü morreu, Hoja encontrou novos pretextos para seu otimismo: o sultão jamais ousara pôr os planos dele em prática porque temia a personalidade e a autoridade de Köprülü, mas, agora que o grão-vizir morrera e fora substituído pelo filho, bem menos poderoso que o pai, tinha chegado a hora em que o soberano começaria a tomar decisões mais audaciosas.

Mas passamos os três anos seguintes esperando por elas. O que mais me admirava não era o imobilismo do sultão, que vivia ofuscado por seus sonhos e expedições de caça, mas que Hoja continuasse a depositar nele suas esperanças. Eu passara aqueles anos todos esperando pelo dia em que ele perderia suas ilusões e ficaria igual a mim. A bem da verdade, ele já não falava tanto quanto antes em "vitória", e dava a impressão de já não sentir o mesmo entusiasmo de que fora tomado nos meses que se seguiram ao fim da peste. Mas continuava a sonhar com o dia em que conseguiria seduzir o monarca com o que definia como seu "grande projeto". Sempre encontrava uma desculpa para os atrasos: após o terrível incêndio que reduziu Istambul a destroços, o sultão não podia dedicar grandes somas àqueles projetos maiores: seus inimigos poderiam aproveitar a oportunidade para pôr o irmão dele no trono; o soberano estava de mãos atadas àquela altura, porque o exército partira numa expedição para a terra dos magiares. No ano seguinte, continuamos esperando, porque uma nova ofensiva se iniciara contra os germanos; depois, era preciso terminar a construção da Grande Mesquita de Valide, às margens do Chifre de Ouro, aonde Hoja acompanhava com freqüência o sultão e sua mãe, a sultana Turhan, e na qual muito dinheiro vinha sendo gasto; havia também as infindáveis expedições de caça, das quais eu não participava. Enquanto esperava em casa que Hoja voltasse das caçadas, eu tentava seguir suas instruções: procurava ter alguma idéia brilhante para aquele seu "grande projeto", ou ainda para a "ciência", cochilando preguiçosamente enquanto folheava os livros dele.

Já não me parecia divertido nem mesmo sonhar com esses projetos; e eu era indiferente aos resultados que poderiam produzir se porventura fossem levados adiante. E Hoja sabia, tanto quanto eu, que não tivéramos nenhuma idéia substancial nos campos da astronomia, da geografia ou mesmo da ciência natural durante os primeiros anos do nosso convívio. Os relógios, instrumentos e modelos ficaram esquecidos num canto, e fazia muito tempo que já tinham enferrujado. Havíamos adiado tudo aquilo para mais tarde, para o dia em que finalmente pudéssemos praticar aquela coisa bastante vaga e obscura que Hoja chamava de "ciência". Não tínhamos nenhum grande projeto que pudesse nos salvar da ruína, só o sonho de um projeto assim. Disposto a conseguir acreditar nessa ilusão precária que não me enganava nem um pouco e tentando me solidarizar com Hoja, esforçava-me para me pôr no lugar dele e ler com seus olhos as páginas que folheava, ou analisar como ele teria analisado as várias idéias que me vinham à mente. Assim que ele voltava das expedições de caça, eu fazia de conta que descobrira alguma nova verdade sobre o tema que me mandara estudar, e que, à luz dessa nova descoberta, poderíamos mudar tudo. Quando eu dizia: "A causa da subida e da descida dos mares está ligada à temperatura da água dos rios que neles desembocam", ou: "A peste propaga-se por meio de partículas diminutas que vagam pelo ar, e a doença vai embora quando o tempo muda", ou: "A Terra gira em torno do Sol, e o Sol, em torno da Lua", Hoja, enquanto tirava seus empoeirados trajes de caça, sempre dava a mesma resposta, que me fazia sorrir com grande afeto: "E os idiotas daqui nem têm idéia disso!".

Em seguida, ele explodia em ataques de raiva que me impressionavam por sua fúria. Reclamava da obstinação do soberano, capaz de passar horas a fio perseguindo um javali ferido ou de derramar lágrimas frívolas por alguma lebre que seus próprios galgos tinham capturado. Admitia contra a vontade que as coisas que dizia ao sultão durante as caçadas entravam por um ouvido e saíam pelo outro, e repetia raivosamente as mesmas perguntas: quando é que aqueles idiotas iriam entender a verdade? Era por mero acaso que tantos idiotas viviam no mesmo lugar, ou esse acúmulo era inevitável? Por que eram tão estúpidos?

Assim, começou a entender aos poucos que precisava voltar a se dedicar ao que chamava de "ciência", mas dessa vez com a finalidade de compreender o que "aquelas pessoas" tinham na cabeça. Como ele, eu me sentia totalmente pronto para me entregar ao estudo dessa "ciência", pois ela me lembrava aqueles bons tempos em que nos sentávamos à mesma mesa e, odiando tanto um ao outro, chegáramos a ficar tão parecidos. No entanto, já nas tentativas iniciais percebemos que as coisas haviam mudado muito.

Sobretudo porque, como eu já não sabia enganá-lo nem convencê-lo de nada, tornara-me simplesmente incapaz de provocá-lo. E, o que era ainda mais grave, sentia como se suas tristezas e suas derrotas fossem minhas também. Assim, um belo dia, lembrei-lhe a idiotice das pessoas daqui, invocando vários exemplos exagerados, e o fiz sentir — embora não acreditasse nisso — que ele estava tão condenado ao fracasso quanto elas. Em seguida, observei sua reação. Ele protestou, enfurecido, afirmando que o fracasso não era inevitável se nos adiantássemos e nos dedicássemos totalmente àquela tarefa: se, ao menos, conseguíssemos levar a cabo o projeto da tal arma, ainda poderíamos inverter o fluxo daquele rio da história, que se derramava sobre nós e nos impelia para trás o tempo todo. A bem da verdade, ele me deixava feliz porque falava não dos "seus" planos, mas dos "nossos" planos — como sempre fazia em desespero de causa. Não obstante, ele sentia muito medo da aproximação de uma derrota fatal: parecia uma criança órfã. Eu amava sua raiva e sua melancolia, que me recordavam meus primeiros anos de escravidão, e queria ser igual a ele. Enquanto ele andava de um lado para outro do quarto, lançando olhares para a rua imunda e enlameada debaixo de um escuro aguaceiro ou para as poucas lamparinas fracas que ainda tremulavam nas janelas de uma que outra casa às margens do Chifre de Ouro, como se procurasse algum sinal que pudesse lhe reavivar as esperanças, pensei por um momento que aquele homem atormentado que andava de um lado para outro naquela casa não era Hoja, mas o fantasma da minha própria juventude. A pessoa que eu tinha sido outrora me abandonara, partira. E a pessoa que eu era agora — e dormitava num canto — morria de vontade de ficar parecida com ele, na esperança de poder recuperar assim o entusiasmo que perdera.

Mas eu também acabara me cansando daquele entusiasmo que nunca deixava de se regenerar. Depois que Hoja se transformara em astrólogo imperial, sua propriedade em Gebze tinha crescido e nossa renda aumentara. E tudo o que ele precisava fazer era conversar regularmente com o sultão. De vez em quando, íamos a Gebze, para percorrer nossos velhos moinhos e as aldeias onde imensos cães-pastores abandonados eram os primeiros a vir nos saudar. Examinávamos rapidamente as contas e folheávamos os registros, tentando calcular o montante que o supervisor nos teria subtraído. Escrevíamos tratados atraentes e divertidos para o soberano, às vezes com prazer mas quase sempre gemendo de tédio, e isso era tudo o que fazíamos. E, se eu não insistisse, o mais provável era que Hoja nem mesmo cuidasse de aproveitar o tempo livre para organizar as agradáveis ocasiões em que nos deitávamos com mulheres luxuosamente perfumadas.

O que irritava Hoja mais que tudo era ver que o sultão, a quem a mãe já não conseguia influenciar, e ainda estimulado pela ausência do exército e dos paxás que tinham abandonado a cidade para ir guerrear contra os germanos ou na ilha de Creta, tornara a reunir à sua volta todos aqueles idiotas, aqueles palhaços, aqueles charlatães tagarelas que haviam sido expulsos do palácio. A fim de se diferenciar daqueles impostores que encarava com ódio e desprezo, e de fazê-los admitir sua superioridade,

Hoja estava determinado a nunca mais se misturar com eles; mas, quando o soberano insistia, ele não tinha como deixar de conversar com aquela gente e acompanhar suas discussões. Quando voltava dessas reuniões em que a corte debatia, por exemplo, se os animais tinham ou não alma, ou quais espécies de animais tinham alma, quais deles iriam para o céu e quais para o inferno; se os mexilhões eram do sexo masculino ou do sexo feminino; se o sol que nasce todo dia é um novo sol, ou se o mesmo sol que se põe no fim do dia passa por algum caminho misterioso para tornar a aparecer do outro lado a cada amanhecer, e assim por diante, ele sempre me declarava que, se não tomássemos alguma providência rapidamente, o sultão logo escaparia à nossa influência.

Como ele falava dos "nossos" planos e do "nosso" futuro, era com grande alegria que eu concordava. Um belo dia, decididos a entender o que estaria passando pela mente do sultão, espalhamos sobre a mesa todos os cadernos em que, havia anos, eu vinha anotando os sonhos do jovem monarca, bem como nossas próprias memórias e reflexões. Como se classificássemos os objetos variados encontrados nas gavetas de um armário, tentamos inventariar o conteúdo da mente do sultão. O resultado não foi nada animador. É claro, Hoja podia continuar falando com entusiasmo daquela arma extraordinária que haveria de ser nossa salvação, ou dos mistérios ocultos no fundo das nossas mentes que precisávamos decifrar o mais depressa possível; mas já não podia fazer de conta que ignorava a iminência da nossa queda, da nossa derrota. Passamos meses discutindo exaustivamente essa questão.

Nossa queda: significaria a perda progressiva de cada um dos territórios do império? Abríamos nossos mapas na mesa e, tristemente, calculávamos quais territórios, depois quais montanhas ou rios perderíamos primeiro. Ou significaria que as pessoas iriam mudar, e todas as suas opiniões e crenças se modificariam sem que elas percebessem? Imaginávamos um belo dia em que todos os habitantes de Istambul acordassem e deixassem o leito transformados em outras pessoas; já não saberiam como vestir suas roupas, não conseguiriam lembrar para que serviam os minaretes. Ou talvez a queda significasse aceitar a superioridade dos outros e fazer o possível para tentar imitá-los. Na mesma hora, Hoja pedia-me que lhe contasse algum episódio da minha vida em Veneza, e em seguida imaginávamos como alguns conhecidos nossos daqui haveriam de usar um chapéu de modelo europeu ou enfiar as pernas num par de calças, e como se sairiam em certas situações do meu passado!

Acabamos decidindo, numa última tentativa de escapar à catástrofe, dar de presente ao sultão aqueles sonhos, os quais arquitetávamos com tanto prazer que nem víamos a passagem do tempo. Achamos que aquelas visões de derrocada, evocadas com cores nítidas por nossas fantasias, poderiam comover e inquietar o soberano. E assim, ao longo de noites e mais noites escuras e silenciosas, preenchemos um livro inteiro com todas as visões de ruína e calamidade que tínhamos sonhado com um prazer triste e exausto. Os pedintes humildes e resignados; as estradas enlameadas; os prédios sempre inacabados; as ruas escuras e bizarras; os homens que recitavam preces que não entendiam, implorando aos Céus que tudo voltasse a ser como antes; as mães dolorosas, os pais enlutados; os infelizes cuja vida era breve demais para poderem nos transmitir o que ocorria e se escrevia noutras terras; as máquinas sem uso; e também aqueles cujos olhos vertiam lágrimas de saudade dos bons tempos de outrora; os cães sem dono reduzidos a pele e ossos; os camponeses sem terra; os vagabundos que andavam sem rumo pela cidade; os muçulmanos analfabetos que um dia usariam calças, e todas as guerras que haviam de terminar com a derrota — com eles preenchemos nosso livro. Minhas memórias, que tinham perdido todo o brilho, incluímos noutra parte do livro: algumas cenas mostrando experiências felizes e instrutivas dos meus tempos em Veneza, na companhia da minha mãe, do meu pai e dos meus irmãos e irmãs, ou ainda cenas da minha vida de estudante. Eis como viviam os "outros", aqueles que haveriam de nos derrotar. Precisávamos fazer alguma coisa imediatamente, antes que eles tomassem a iniciativa! Na conclusão, que nosso calígrafo canhoto copiou com todo o capricho, havia um poema bem metrificado em que Hoja usava a metáfora das gavetas repletas da qual tanto gostava e que talvez pudesse ser visto como uma porta de entrada para o labirinto obscuro das nossas mentes. A névoa finamente tecida que velava aquele poema, majestoso e lacônico a seu modo, dava assim a nota melancólica que encerrava aquele melhor de todos os livros e tratados que Hoja e eu escrevemos.

Um mês depois de ter enviado esse livro ao sultão, Hoja recebeu a ordem de empreender a fabricação da sua arma incrível. Ficamos muito surpresos. Mas jamais conseguimos determinar em que medida nosso sucesso se deveu àquele livro.

9.

Quando o sultão ordenou a Hoja: "Vamos ver essa arma incrível que vai destruir nossos inimigos", talvez o estivesse pondo à prova; talvez tivesse tido um sonho que escondera de Hoja; talvez quisesse mostrar, à sua mãe dominadora e aos paxás que tanto o admoestavam, que os "filósofos" que mantinha à sua volta podiam servir para alguma coisa; talvez tenha achado que Hoja, depois da peste, pudesse produzir um novo milagre; talvez tenha sido realmente afetado pelas imagens de derrota e calamidade que incluímos no nosso livro; ou talvez, mais que a derrocada que evocávamos, o que o afligisse fosse a idéia de que pudesse acabar destronado, depois das derrotas militares reais que vinha sofrendo, pelos partidários da coroação do seu irmão. E ponderamos todas essas possibilidades enquanto calculávamos, aturdidos, a soma enorme que passaríamos a receber das aldeias, dos caravançarás e dos olivais cujas rendas o soberano nos concedera para financiar a produção da arma.

Hoja declarou que só devíamos ficar surpresos com nosso próprio espanto: por que nos deixávamos tomar pela dúvida, agora que o sultão finalmente acreditava em nós? Afinal, achávamos que eram falsos todos aqueles relatos que ele fizera ao sultão ano após ano, todos os tratados e livros que tínhamos escrito? E mais: o soberano começara a demonstrar certa curiosidade pelo que ocorria nas trevas das nossas mentes. E Hoja perguntou-me, entusiasmado, se não era aquela a vitória por que vínhamos esperando havia tanto tempo.

Era verdade, e, dessa vez, dividimos o trabalho desde o início da empreitada. Sentia-me feliz, eu também, e, além disso, estava menos ansioso que ele em relação ao resultado. Os seis anos seguintes, que passamos trabalhando no aperfeiçoamento do projeto da arma, foram os mais perigosos das nossas vidas. Não porque manipulássemos pólvora o tempo todo, mas porque atraíamos a inveja dos nossos inimigos; todos esperavam com impaciência nosso triunfo ou nosso fracasso, e nós mesmos esperávamos os resultados com muito medo.

Primeiro, gastamos um inverno inteiro sem nos levantar da mesa. Estávamos cheios de entusiasmo, mas de concreto só tínhamos a idéia da arma, e alguns detalhes vagos e imprecisos que nos ocorriam quando imaginávamos o pânico que ela havia de semear entre nossos inimigos. Mais adiante, decidimos começar a trabalhar ao ar livre, em experiências com pólvora. Como nas semanas que tínhamos passado preparando o espetáculo de fogos de artifício, nossos homens misturavam as substâncias nas proporções que prescrevíamos e depois as detonavam de uma distância segura, enquanto Hoja e eu observávamos tudo abrigados à sombra fresca das árvores mais altas. Curiosos vinham dos quatro cantos de Istambul para ver a fumaça colorida das explosões, que produziam diferentes estrondos. Com o tempo, a multidão transformou numa verdadeira quermesse a área em torno do campo onde armávamos nossas tendas, nossos alvos e os canhões de cano curto e de cano longo que mandáramos fundir. E um dia, no fim do verão, o próprio sultão apareceu sem aviso para nos visitar.

E organizamos na mesma hora uma demonstração, abalando céu e terra com grandes estampidos. Um a um, exibimos os cartuchos e projéteis que havíamos preparado com misturas de pólvora bem calculadas e comprimidas, os obuses, as novas peças de artilharia, os moldes de novos canhões que ainda não tínhamos mandado fundir e os mecanismos de detonação retardada que deveriam disparar automaticamente. Mas o soberano mostrou muito mais interesse por minha pessoa que por todo o resto. No início, Hoja quis me manter longe das vistas do sultão, mas, quando a demonstração começou e este viu que eu dava tantas ordens quanto Hoja, que nossos homens obedeciam tanto a mim como a ele, o monarca ficou curioso.

Quando fui conduzido à sua presença pela segunda vez depois de quinze anos, o sultão examinou-me como se tivesse alguma lembrança de ter me visto mas não conseguisse saber quem eu era: tinha a expressão de quem come uma fruta com os olhos vendados e tenta identificar qual é. Beijei a barra dos seus trajes. E ele não ficou nem um pouco aborrecido quando soube que já fazia vinte anos que eu vivia aqui mas não me convertera ao islã. Não era isso que o deixava intrigado. "Vinte anos?", disse. "Que coisa estranha!" E em seguida me fez à queima-roupa a pergunta inesperada: "Foi você quem ensinou tudo isso a ele?". Aparentemente, não contava com resposta alguma, porque já saía da nossa tenda esfarrapada, que cheirava a pólvora e salitre, e caminhava na direção do seu lindo corcel branco. De repente, parou, virou-se para nós dois, que naquele momento tínhamos acabado de nos sentar lado a lado, e sorriu como se tivesse contemplado uma dessas maravilhas naturais incomparáveis que Deus cria para quebrar o orgulho do homem, para fazê-lo sentir o absurdo do ser que ele é: um anão muito bem-proporcionado, ou um par de gêmeos idênticos como duas ervilhas da mesma vagem.

Naquela noite, pensei o tempo todo no sultão; mas não como Hoja queria que eu pensasse. Hoja continuava a falar do monarca com ódio e repulsa, enquanto eu tinha percebido que jamais seria capaz de cultivar ódio ou desdém por ele: ficara encantado com sua informalidade, com sua doçura, com aquele ar de menino mimado que diz tudo o que lhe vem à cabeça. Queria ser como ele, ou ao menos me tornar seu amigo. Depois do rompante de Hoja, fiquei deitado na minha cama tentando dormir, repetindo comigo que o sultão não merecia ser enganado; estava com vontade de lhe contar tudo. Mas o que exatamente poderia dizer a ele?

E o interesse tinha sido recíproco. Um dia, Hoja anunciou-me — num tom evidentemente contrafeito — que o sultão estava esperando também por mim, e segui para o palácio com ele. Era um desses lindos dias de outono, com cheiro de mar e de algas. Passamos a manhã inteira à margem de um lago coalhado de plantas aquáticas, debaixo dos plátanos e das olaias, no meio de um bosque forrado de folhas vermelhas caídas. O soberano queria conversar sobre as rãs agitadas que enchiam o lago. Hoja limitava-se a repetir algumas idéias banais, desprovidas de imaginação ou de colorido, e dava a impressão de falar a contragosto. Mas o sultão nem parecia perceber essa falta de respeito que me deixou tão chocado. Estava muito mais interessado em mim.

E, assim, falei-lhe longamente sobre os mecanismos que permitem às rãs saltar tão alto, sobre a circulação do seu sangue, sobre o coração delas, que continua batendo por muito tempo depois de retirado do corpo, e sobre as moscas e outros insetos que as rãs comem. Pedi pena e papel para poder explicar com mais clareza as metamorfoses que o ovo vai sofrendo até se transformar numa rã adulta como as do lago. O soberano ficou observando com grande interesse enquanto eu fazia meus desenhos usando o conjunto de cálamos de bambu que nos apresentaram num estojo de prata incrustado de rubis. Ouviu com prazer evidente as histórias sobre rãs que consegui lembrar, e teve um espasmo de náusea quando cheguei à história da princesa que beijava a rã. Mas nem de longe me parecia o adolescente tolo que Hoja descrevera para mim; dava antes a impressão de ser um adulto muito sério, que insistia em começar cada dia com o estudo da ciência e da arte. No fim daquelas horas calmas e agradáveis, que Hoja, porém, atravessou de cenho franzido, o sultão declarou-me, com os olhos fixos nos desenhos de rãs que tinha nas mãos: "Sempre desconfiei que era você quem inventava as histórias. E agora estou vendo que também era você quem fazia os desenhos!". E em seguida me perguntou o que eu sabia sobre as rãs de bigodes.

E foi assim que começaram minhas relações com o sultão. Agora, eu acompanhava Hoja toda vez que ele ia ao palácio. No início, Hoja falava muito pouco, e era comigo que o soberano conversava mais. Enquanto discutíamos seus sonhos, suas emoções e seus medos, o passado e o futuro, eu me perguntava até que ponto aquele homem que eu tinha diante de mim, tão bem-humorado e inteligente, lembrava o monarca que Hoja me descrevia fazia vários anos. Pela inteligência das perguntas do soberano, pelos pequenos ardis de que lançava mão, dava para ver que ele, baseando-se no conteúdo dos livros que lhe déramos de presente, ansiava por descobrir até que ponto Hoja era de fato o mestre e até que ponto o mestre era eu; e até que ponto eu era eu mesmo e até que ponto era eu o mestre de Hoja. Quanto a Hoja, àquela altura só se preocupava com as peças de artilharia de cano longo que vinha tentando mandar fundir, e não se interessava nem um pouco por aquelas especulações, que, aliás, achava uma idiotice.

Seis meses depois que começamos a trabalhar na arma, Hoja inquietou-se quando soube que o comandante-em-chefe da artilharia imperial ficara furioso ao ver que havíamos nos metido na sua área. E que pedira ao sultão que aceitasse sua demissão do posto caso não enxotasse de Istambul aqueles dois loucos que, a pretexto de especular sobre a invenção de alguma coisa nova, conspiravam contra a nobre arte da artilharia! Mas Hoja não buscou um entendimento com o comandante-em-chefe da artilharia imperial, embora este desse a impressão de querer chegar a um acordo. Passado um mês, quando o monarca nos ordenou que desenvolvêssemos nossa arma de algum modo que não envolvesse o uso de canhões, Hoja não ficou muito abalado. A essa altura, nós dois já sabíamos que os obuses e o canhão de cano longo que tínhamos mandado fundir não eram em nada superiores aos antigos modelos usados havia tantos anos.

Assim, no dizer de Hoja, entramos em mais uma nova fase em que precisávamos recomeçar desde o ponto de partida, sonhando tudo outra vez. Eu já estava acostumado tanto com suas fúrias como com suas ilusões, e a única novidade para mim era ter conhecido melhor o sultão. E o soberano também parecia apreciar bastante nossa companhia. Como um pai sensato que separasse a briga de dois irmãos por causa de bolas de gude, dizendo "esta aqui é sua, e esta é sua", ele acompanhava com grande atenção nossas palavras e atitudes a fim de conseguir distinguir um do outro. Essa vigilância constante, que às vezes me parecia infantil e outras vezes muito astuciosa, começou a me inquietar. Quase cheguei a acreditar que minha personalidade se destacava de mim para combinar-se com a de Hoja, e vice-versa, sem que nós dois sequer percebêssemos; e que só o sultão era capaz de decifrar essa criatura fantástica e já nos conhecia bem melhor do que nós próprios nos conhecíamos.

Quando interpretávamos seus sonhos, ou falávamos a respeito da nova arma — sobre a qual naquela época só tínhamos nossos sonhos a apresentar —, o soberano às vezes interrompia bruscamente a conversa e, virando-se para um de nós, dizia: "Não, essa idéia é dele, e não sua". E às vezes conseguia distinguir claramente nossos gestos e nossas atitudes: "Agora você está me olhando exatamente com o olhar dele. Use o seu próprio olhar!". E, quando eu ria, espantado, ele acrescentava: "Melhorou, muito bem. Vocês dois nunca se olharam lado a lado no espelho?". E perguntou: qual de nós dois conseguia se manter mais tempo sendo quem de fato era, quando nos postávamos juntos diante de um espelho? Certa ocasião, ordenou que lhe trouxessem todos os tratados, bestiários e calendários que compuséramos para ele ao longo dos anos; e explicou que, desde a primeira vez que virara aquelas páginas uma a uma, entretivera-se imaginando qual de nós dois redigira essa ou aquela parte, e até quais partes um de nós escrevera pondo-se no lugar do outro. Mas o que mais provocou a cólera de Hoja, e me deixou encantado e estupefato, foi o imitador que o sultão mandou chamar enquanto estávamos na sua presença.

Esse homem não era nada parecido conosco, nem de rosto nem no porte; era baixo e gordo, e vestia-se com roupas totalmente diferentes das nossas, mas, quando abriu a boca, fiquei muito impressionado: era como se quem estivesse falando fosse Hoja! Como Hoja, ele aproximava os lábios do ouvido do soberano, dando a impressão de que lhe confiava um segredo; como Hoja, usava uma voz mais grave quando discutia pormenores e sutilezas, com um ar sério e pensativo; e depois, exatamente como Hoja, deixava-se arrebatar pelas próprias palavras, fazendo gestos apaixonados com as mãos e os braços a fim de melhor convencer seu interlocutor, quase a ponto de perder o fôlego; mas, embora usasse a mesma voz e as mesmas entonações de Hoja, o imitador não falava das estrelas nem das nossas novas armas: apresentava uma simples enumeração dos pratos cujos nomes haviam lhe contado nas cozinhas do palácio, além dos ingredientes e temperos necessários para prepará-los. Enquanto o sultão sorria, o imitador continuava o número dele, deixando Hoja atônito e aniquilado ao listar um a um todos os caravançarás existentes entre Istambul e Alepo. Em seguida, o sultão pediu ao imitador que representasse a mim: aquele homem que me fitou de repente com a boca aberta e ar de espanto era exatamente eu! Fiquei estupefato. Mas, quando o soberano pediu ao imitador que representasse uma pessoa que fosse metade Hoja e metade eu, fiquei totalmente enfeitiçado. Observando os movimentos daquele homem, senti vontade de fazer como o sultão e exclamar: "Esse sou eu, e aquele é Hoja", mas o próprio imitador cuidava disso, apontando para cada um de nós na sua vez. O monarca mandou o imitador embora, depois de elogiá-lo muito, e em seguida nos aconselhou que pensássemos muito bem no que tínhamos visto e tirássemos as devidas conclusões.

Que estaria querendo dizer? Naquela noite, declarei a Hoja que o sultão era muito mais inteligente que o personagem meio ridículo que ele vinha descrevendo havia tantos anos; e acrescentei que parecia ter decidido por conta própria seguir o caminho para o qual Hoja tanto se empenhara em conduzi-lo. O que provocou em Hoja um novo ataque de fúria. E dessa vez lhe dei razão: suportar a arte daquele imitador não era nada fácil. Hoja disse-me que só obrigado voltaria a pôr os pés no palácio. Agora que a oportunidade por que esperara aqueles anos todos finalmente se apresentava, ele não tinha a menor intenção de perder seu tempo com aqueles idiotas e tolerar aquelas afrontas. Já que eu conhecia tão bem os gostos do sultão, já que tivera a astúcia de me prestar àquelas palhaçadas, dali em diante era eu quem iria ao palácio no seu lugar!

Quando anunciei ao soberano que Hoja estava doente, ele não acreditou. "Vamos deixar que ele trabalhe na arma", limitou-se a dizer. Assim, ao longo dos quatro anos que Hoja dedicou a planejar e construir a arma, era eu quem freqüentava o palácio. E ele ficava em casa, sozinho com seus sonhos, como outrora acontecia comigo.

Nesses quatro anos, aprendi que a vida não era obrigatoriamente uma provação que tínhamos de suportar; ao contrário, ela podia proporcionar muitos prazeres. Os cortesãos, que viam o soberano me tratar com a benevolência antes reservada apenas a Hoja, logo passaram a convidar-me para festividades quase diárias. Num dia, era o casamento da filha de um vizir; no outro, o nascimento de mais um filho do sultão; no dia seguinte, a celebração da recaptura de uma praça-forte no país dos magiares; mais adiante, cerimônias marcavam o primeiro dia de escola do príncipe-herdeiro; e depois vinham o Ramadã e outras festas religiosas. Logo comecei a engordar, de tanto comer carnes e pilafes gordurosos, além de devorar os leões, avestruzes ou sereias de açúcar recheados de pistaches servidos nessas festas, as quais muitas vezes duravam vários dias. A maior parte do meu tempo era empregada em assistir a espetáculos: lutadores com a pele lustrosa de óleo, combatendo até desmaiar, ou funâmbulos que faziam malabarismos, com a barra nas mãos, equilibrados numa corda bamba estendida entre dois minaretes de uma mesquita; saltimbancos que partiam ferraduras com os dentes e enfiavam facas ou espetos de metal no próprio corpo; mágicos que faziam aparecer serpentes, pombas e macacos das dobras das suas roupas; ilusionistas que faziam desaparecer as xícaras de café das nossas mãos e as moedas dos nossos bolsos num piscar de olhos. E havia ainda o teatro de sombras com seus dois principais personagens, Karagöz e Hacivat, cujos diálogos obscenos eu adorava. Nas noites em que não havia queima de fogos, eu ia com meus novos companheiros, muitos dos quais acabara de conhecer, até um daqueles palácios ou mansões repletos de convidados onde, depois de beber áraque ou vinho e ouvir música por horas, distraía-me fazendo brindes com dançarinas lindas e jovens que imitavam lânguidas gazelas, belos rapazes que caminhavam sobre a água vestidos de mulher, cantores de voz ardente que nos encantavam entoando canções cheias de sentimento e alegria.

Eu freqüentava também as residências dos embaixadores, onde era objeto de grande curiosidade, e, depois de assistir a um balé em que adoráveis moças e rapazes saltavam com graça e dançavam com passos miúdos, ou de ouvir as mais recentes músicas da moda executadas por uma orquestra importada de Veneza, podia saborear os benefícios do meu renome, que só aumentava a cada dia. Os europeus reunidos nas embaixadas queriam saber das terríveis aventuras que eu vivera. Perguntavam o quanto eu tinha sofrido, como havia resistido àquelas provações, como ainda agüentava aquela vida. Eu lhes ocultava que minha vida se passava entre quatro paredes, numa doce sonolência, escrevendo livros sem pé nem cabeça, e sobre aquela terra exótica que tanto atiçava sua curiosidade eu lhes contava — exatamente como fazia com o sultão — histórias inacreditáveis que aprendera a improvisar com facilidade. E não só as jovens que vinham visitar os pais antes de encontrar marido, ou as esposas dos diplomatas que flertavam comigo, mas também todos aqueles embaixadores e dignitários ouviam com admiração as histórias sangrentas em que eu falava de religião e barbárie, de intrigas de amor que se desenrolavam no harém imperial mas que ocorriam apenas na minha imaginação. Quando insistiam muito, eu lhes sussurrava no ouvido um ou dois segredos de Estado que acabara de inventar, ou atribuía ao sultão algum hábito estranho que mais ninguém conhecia. E, quando me pediam mais informações, eu assumia ares enigmáticos, agia como se não pudesse contar mais nada e me refugiava num mutismo que só inflamava a curiosidade daqueles idiotas, com quem Hoja tanto queria que ficássemos parecidos. Mas eu sabia que murmuravam entre si que eu estava envolvido em algum projeto grandioso e secreto que exigia conhecimentos científicos profundos: o projeto de uma arma misteriosa sobre o qual ninguém sabia nada e que demandava gastos espantosos de dinheiro.

Quando eu voltava à noite dessas mansões ou desses palácios, a mente abarrotada das imagens de corpos magníficos e anuviada pelos vapores das bebidas que eu consumira, encontrava Hoja instalado à nossa velha mesa, mergulhado no trabalho. Parecia tomado de uma urgência que eu nunca vira. A mesa estava repleta de estranhos desenhos e projetos que eu não conseguia entender, páginas e mais páginas cobertas com sua letra nervosa. Ele me pedia que contasse o que tinha visto e feito o dia inteiro, mas logo me interrompia, reafirmando seu desgosto com aqueles prazeres que achava insensatos e licenciosos, e em seguida se punha a descrever seus planos, falando de "nós" e dos "outros".

Repetia mais uma vez que tudo estava ligado à desconhecida paisagem interna das nossas mentes, que baseara todo o seu projeto nisso. Falava animado sobre a ordem, ou a desordem, do armário cheio de objetos desencontrados que chamamos de cérebro, mas eu não entendia como aquela alegoria podia servir de ponto de partida para o projeto de arma ao qual estavam ligadas todas as suas esperanças. As nossas esperanças! E duvidava também que alguém fosse capaz de responder a isso — e às vezes achava que nem mesmo ele. Hoja afirmava que algum dia alguém haveria de ser capaz de examinar o interior dos nossos cérebros e provar que as idéias dele estavam certas. Falava de uma grande verdade essencial que ele descobrira durante a epidemia de peste, no momento em que tínhamos nos contemplado juntos no espelho; agora, tudo ficara claro na sua mente; então, a idéia daquela arma terrível viera daquela verdade! Em seguida, depois desses discursos inflamados que eu não entendia muito bem mas que ainda assim me impressionavam, ele me apontava com o dedo nervoso uma figura que havia traçado no papel.

Essa forma, que eu via evoluir um pouco mais cada vez que ele me mostrava seus esboços, parecia me lembrar alguma coisa. Sempre que eu fitava aquela mancha escura, que poderia chamar de "demônio" do desenho, sentia-me à beira de decidir o que ela representava; no entanto, tomado pela dúvida, ou julgando-me diante de uma ilusão produzida por minha mente, acabava não dizendo nada. Ao longo daqueles quatro anos, nunca consegui distingui-la com clareza. Aquela forma cujos detalhes se espalhavam por muitas e muitas páginas, cada vez um pouco mais definidos, só chegaria a ser concluída vários anos mais tarde, depois de consumir um grande esforço e muito dinheiro acumulado durante anos. Às vezes ela evocava alguma coisa da nossa vida cotidiana, às vezes lembrava imagens vistas nos nossos sonhos; numa ou duas ocasiões, tive a impressão de que recordava alguma coisa que tínhamos visto ou discutido nos velhos tempos, na época em que contávamos nossas lembranças um ao outro, mas não consegui ir adiante, dar o passo necessário para poder esclarecer minhas idéias, de modo que me rendi à confusão dos meus pensamentos e me resignei a esperar em vão que a própria arma acabasse por me revelar seus mistérios. Mesmo ao cabo de quatro anos, quando aquela mancha escura se transformou numa criatura bizarra da altura de uma mesquita — uma aparição assustadora que Istambul inteira comentava e que Hoja chamou de uma "verdadeira máquina de guerra", embora as pessoas a comparassem a outras coisas —, eu ainda estava perdido nos detalhes de tudo o que Hoja me contara no passado, sobre as vitórias que sua arma haveria de conquistar no futuro.

Como quem desperta e tenta recordar um sonho que a memória se obstina em esquecer, nas minhas visitas ao palácio eu fazia o possível para transmitir ao sultão cada um desses detalhes nítidos e aterrorizantes. Falava das engrenagens, das rodas, da cúpula, das alavancas e da pólvora que Hoja me descrevera tantas e tantas vezes. Embora as palavras que usava não fossem minhas, e embora o fogo da paixão de Hoja não estivesse presente, mesmo assim eu podia constatar o grande interesse do monarca. E eu também ficava impressionado quando via aquele homem, que julgava sensato, deixar-se levar por aquele torvelinho de palavras vazias, inspirado por minha reprodução grosseira do ardoroso poema produzido por Hoja, falando de triunfo e salvação. O soberano gostava de repetir-me que o verdadeiro mestre era eu, e não aquele homem sentado na nossa casa. Mas eu estava exausto daquelas brincadeiras mentais, que me perturbavam tanto. Quando o soberano me dizia que o mestre era eu, eu pensava que era melhor nem tentar entender sua lógica, porque logo ele acrescentava que fora eu quem ensinara tudo a Hoja — mas não o eu letárgico e conformado que eu era agora. Eu tinha mudado Hoja, mas no passado, muito tempo antes! Eu, por mim, preferiria falar com o monarca só dos divertimentos do dia, dos animais, das festas ou dos preparativos para o desfile dos lojistas. Com o tempo, o sultão chegou a afirmar que todos sabiam que era eu o inspirador e o autor dos planos daquela famosa arma secreta.

E era isso que mais me dava medo. Fazia anos que Hoja não era visto em público, e todo mundo parecia tê-lo esquecido. Quem aparecia com freqüência nos palácios, nas residências ricas ou na cidade, e até ao lado do soberano, era sempre eu. E agora era de mim que tinham inveja! Rangiam os dentes quando viam a mim, o infiel, não só porque a renda de tantos rebanhos de ovelhas, olivais e caravançarás estava comprometida com aquele plano misterioso de construção de uma arma que vinha provocando mais e mais rumores a cada dia; não só porque eu me tornara tão próximo do sultão, mas também porque, a pretexto do nosso trabalho na produção daquela arma, estávamos metendo o nariz na área de interesse de outras pessoas. Quando já não conseguia me manter surdo a tais calúnias, revelava meus medos a Hoja, ou mesmo ao soberano.

Mas nenhum dos dois me dava muita atenção. Hoja enterrara-se completamente no trabalho. Eu o invejava: inspirava-me aquele mesmo ciúme apaixonado que os velhos sentem da juventude. Durante aqueles últimos meses, enquanto ele desenvolvia no papel aquela mancha escura e ambígua do monstro aterrorizante, alimentando-a com mais detalhes e criando os desenhos para moldes caríssimos nos quais mandava verter um aço tão pesado que nenhum obus podia perfurar, nem levava em consideração os rumores malévolos que eu lhe trazia; só se interessava pelas embaixadas onde circulavam aqueles boatos. que tipo de homens eram aqueles embaixadores? Como é que eles pensavam? Tinham alguma opinião sobre a arma? E o mais importante: por que o sultão jamais cogitara enviar àqueles países embaixadores permanentes que representassem o império? Senti que Hoja desejava um posto como aquele, que lhe permitiria fugir dos "idiotas" daqui para ir viver entre os "outros", mas ele nunca me falava abertamente desse seu desejo, nem sequer nos dias em que perdia a esperança nos planos dele; quando o aço se partia ou ele acreditava que seu dinheiro não seria suficiente. Só deixou escapar uma ou duas vezes que desejaria travar relações com os cientistas que "eles", os "outros", conseguiam formar. Talvez fossem capazes de entender e apreciar as descobertas que ele fizera sobre o que se passava no interior dos nossos cérebros. Queria corresponder-se com os sábios dessas terras distantes, de Veneza ou de Flandres, ou ainda de outros países longínquos. Quem eram os melhores deles, onde viviam, como seria possível trocar correspondência com eles? Será que eu conseguiria obter essas respostas junto aos embaixadores? Nessa época da minha vida, em que me entregava aos prazeres e não me preocupava com a arma que ele finalmente se esforçava por construir, eu logo esquecia aquelas questões, as quais, no entanto, revelavam um pessimismo que nossos inimigos teriam achado bastante animador.

O sultão também não dava ouvidos aos boatos espalhados pelos que nos invejavam. Na época em que, no intuito de testar nossa arma, Hoja começou a procurar homens com coragem suficiente para penetrar naquela montanha assustadora de aço e manejar seus volantes enquanto sufocavam em meio ao cheiro acre do metal e da ferrugem, o monarca nem prestou atenção no que eu disse quando fui me queixar dos boatos. Como sempre fazia, mandou-me repetir o que Hoja vinha dizendo. Confiava nele, estava satisfeito com tudo, não se arrependia nem um pouco de tê-lo apoiado: por tudo aquilo, era grato a mim. E sempre pelo mesmo motivo, é claro: porque fora eu quem ensinara aquilo tudo a Hoja! Como Hoja, ele também falava do conteúdo dos nossos cérebros e me fazia a pergunta derivada daquele interesse: da mesma forma que Hoja me interrogava no passado, agora era o sultão quem me perguntava como as pessoas viviam "naquelas terras", e especialmente no meu antigo país.

E eu respondia com sonhos e fantasias. Nem sei dizer agora o quanto essas histórias, na maioria das quais acabei eu próprio acreditando de tanto repeti-las, falam de coisas que de fato vivi na minha juventude ou das fabulações que brotam da minha pena cada vez que me sento à mesa para escrever este livro. Havia ocasiões em que eu improvisava e acrescentava invenções engraçadas que me ocorriam naquele momento. Dispunha de um certo repertório de anedotas que ia inventando aos poucos e que enriquecia com detalhes da minha imaginação. Já que o monarca demonstrava tanto interesse pelos botões que os "outros" usavam nas roupas, eu sempre cuidava de enfatizar esse pormenor. Mas também havia lembranças autênticas, que eu não conseguira esquecer naqueles vinte e cinco anos, coisas bem reais: as conversas que tínhamos em família, por exemplo, enquanto tomávamos o café-da-manhã — eu, minha mãe, meu pai e meus irmãos e irmãs — em volta da mesa da nossa casa, à sombra das tílias! Mas esses detalhes eram os que menos interessavam ao sultão. Um dia, ele chegou a me dizer que, no fundo, a vida de todo mundo era basicamente idêntica. E, não sei por quê, essas palavras me assustavam. Havia no rosto do soberano uma expressão diabólica que eu nunca tinha visto, e quis lhe perguntar o que ele queria dizer com aquilo. Enquanto olhava apreensivo para o rosto dele, senti um impulso de dizer: "Mas eu sou eu!". E achei que, caso tivesse a coragem de dizer aquelas palavras sem sentido, talvez conseguisse neutralizar as intrigas de todos os que tramavam para me transformar numa outra pessoa — a começar por Hoja e pelo sultão! — e que, assim, poderia continuar a viver em paz com minha própria identidade. Mas eu não conseguia vencer a mudez, amedrontado, como as pessoas que tomam o máximo cuidado para evitar até a menção de alguma incerteza que possa pôr em risco sua paz de espírito.

Esse incidente acontecera na primavera, quando Hoja havia terminado seus trabalhos mas ainda não pudera testar a arma porque não conseguia reunir os homens capazes de fazê-la funcionar. Pouco depois, ficamos chocados quando o soberano partiu com seu exército para uma campanha na Polônia. Por que não quisera levar com ele aquela arma, que teria espalhado terror entre seus inimigos? Por que não me levara? Não confiava em nós?

Como todos os outros que ficaram em Istambul, acreditávamos que o sultão não fora à guerra, e sim à caça. Hoja ficou satisfeito por ter ganhado mais um ano; como eu não tinha outra ocupação ou divertimento, trabalhamos juntos na arma.

Foi uma grande dificuldade recrutar homens para operar nossa máquina. Ninguém queria se aventurar no interior daquele veículo misterioso e assustador. Hoja divulgou a notícia de que pagaria muito bem, e mandamos vários arautos espalhar o anúncio pela cidade, pelos estaleiros, pelas fundições; procuramos recrutas entre os ociosos dos cafés, os vagabundos, os aventureiros. A maioria dos homens que encontramos, mesmo quando venciam o medo e aceitavam entrar naquele monstro de ferro, onde se amontoavam apertados uns contra os outros no ventre daquele bizarro inseto gigantesco, em meio a um calor dos infernos no qual não conseguiam nem girar os volantes que comandavam o veículo, acabavam preferindo fugir. Quando por fim conseguimos pôr o veículo em marcha, perto do fim do verão, havíamos gastado todo o dinheiro acumulado para o projeto ao longo dos anos. Debaixo dos olhos pasmos e assustados dos curiosos, a máquina entrou pesadamente em movimento e, ao som de gritos de vitória, avançou desajeitada para a direita e depois para a esquerda, simulando o ataque contra uma fortaleza imaginária, disparou seus canhões e em seguida se imobilizou. O dinheiro vindo das nossas aldeias e dos nossos olivais continuava a entrar aos borbotões, mas Hoja foi obrigado a dispersar a equipe que tínhamos custado tanto a formar, pois sua manutenção era cara demais.

O inverno transcorreu na expectativa. De volta da guerra, o soberano fizera uma parada em sua adorada Edirna; ninguém nos procurou, ficamos totalmente sós e por nossa conta. Como não havia ninguém no palácio a quem pudéssemos entreter pela manhã com nossas histórias, nem dignitários nas mansões que pudessem me convidar para distrações noturnas, não tínhamos nada que fazer. Eu passava meus dias posando para um artista vindo de Veneza que pintava meu retrato e tendo aulas de alaúde. Já Hoja ia várias vezes por dia até Kulebidi, ao pé das velhas muralhas, onde deixara sua máquina de guerra sob a guarda de um único vigia. Ainda tentou acrescentar algumas novas peças aqui e ali, mas em pouco tempo se cansou daquilo. Durante as noites do último inverno que passamos juntos, ele nunca me falava da arma nem dos seus planos para ela. Parecia tomado de uma letargia, mas não porque tivesse perdido sua paixão — e sim porque eu já não conseguia lhe inspirar nenhum entusiasmo.

À noite, passávamos a maior parte do tempo esperando que o vento cedesse ou que a neve parasse de cair; esperávamos a última passagem do vendedor de *boza*, ou ainda que as brasas ficassem cobertas de cinzas para jogarmos novas achas na fornalha. Esperávamos que se apagasse a derradeira luz vacilante na outra margem do Chifre de Ouro; e esperávamos ainda o sono que se recusava a chegar, ou a chamada para as primeiras preces do dia. Numa dessas noites de inverno em que falávamos muito pouco, mergulhados nos nossos pensamentos, Hoja declarou-me inesperadamente que eu mudara muito, que me transformara noutra pessoa. Uma dor me deu um nó no estômago, minhas costas cobriram-se de suor; quis responder, explicar-lhe que estava enganado, que eu continuava a ser o mesmo de sempre, que finalmente havíamos ficado bem parecidos; que ele, sim, é que precisava prestar atenção em mim como antes, que ainda tínhamos muitos assuntos sobre os quais conversar. Mas ele tinha razão; meu olhar foi atraído por meu retrato, que naquela manhã mesmo eu fora buscar na casa do pintor e encostara numa das paredes. Eu havia mudado, sim: engordara, de tanto me empanturrar nos banquetes, e adquirira um queixo duplo; minhas carnes tornaram-se mais flácidas, meus movimentos, mais vagarosos. E pior: a expressão do meu rosto mudara por completo, uma ruga cínica instalara-se nos cantos da boca, de tantas bebedeiras e orgias; meu olhar ficara mais lânguido, talvez de tanto dormir em horários incomuns, de tantas vezes que a bebida me deixava aparvalhado, levando a mesma existência que aqueles idiotas satisfeitos com suas vidas, com o mundo e consigo mesmos; meu olhar agora exibia uma satisfação vulgar, e de fato eu estava contente com minha nova personalidade. E não disse nada.

Mais tarde, até o momento em que soubemos que o sultão nos esperava em Edirna com nossa máquina de guerra, tive muitas noites o mesmo sonho: estávamos num baile de máscaras em Veneza, no qual, no entanto, reinava uma confusão que lembrava as festas de Istambul: quando as "cortesãs" tiravam suas máscaras, eu reconhecia entre elas minha mãe e minha noiva, e tirava eu também minha máscara na esperança de que elas me reconhecessem. Mas de algum modo elas não se davam conta de que era eu, e apontavam com suas máscaras, que seguravam pelo cabo, para alguém atrás de mim; quando eu me virava, percebia que aquele homem sabia que eu era eu, e ele não era outro senão Hoja. Então, quando me dirigia a ele na esperança de que me reconhecesse, o homem que era Hoja tirava sua máscara sem me dizer uma palavra, e o rosto que aparecia me provocava um terrível sentimento de culpa, que acabava por me acordar do meu sonho: era a imagem da minha juventude.

10.

Assim que soube, no início da primavera, que o sultão estava esperando, a nós e à nossa máquina de guerra, em Edirna, Hoja entrou em ação. Foi então que percebi que ele deixara tudo pronto para essa eventualidade, mantendo contato ao longo de todo o inverno com o grupo de homens que operava a arma. Em menos de três dias, estávamos prontos para ir ao encontro do exército. Hoja passou a última noite como se estivéssemos de mudança para uma casa nova, folheando seus livros antigos de capa rasgada, seus tratados inacabados, seus rascunhos amarelecidos pelo tempo, e remexendo em seus artigos pessoais. Pôs para funcionar o enferrujado relógio de preces que construíra para o paxá e espanou os instrumentos astronômicos. Ficou acordado até o amanhecer, examinando os rascunhos, as plantas, os desenhos e os originais que tínhamos acumulado em vinte e cinco anos de trabalho. Quando o dia raiou, vi-o folheando as páginas amarelecidas e rasgadas do caderno que eu enchera com as observações das nossas experiências para a primeira queima de fogos. E perguntou, timidamente: será que devíamos levar aquelas notas conosco? Será que poderiam ter alguma utilidade? Ao ver meu olhar desprovido de expressão, jogou o caderno num canto.

Mesmo assim, durante os dez dias dessa viagem a Edirna, sentimo-nos muito próximos um do outro, embora menos que antigamente. Em primeiro lugar, Hoja estava otimista; nossa máquina, que entrou bem devagar em movimento, emitindo uma estranha sinfonia de rangidos medonhos e ruídos bizarros, e que as pessoas chamavam de uma infinidade de apelidos — o Monstro, o Inseto, Satã, a Tartaruga-Arqueira, a Fortaleza Ambulante, o Ferro-Velho, o Galo de Briga, a Chaleira sobre Rodas, o Ciclope, o Cigano, o Porco —, enchia de pavor o coração de todos os que a viam, exatamente como pretendia Hoja. E ainda avançava mais depressa que o esperado. Quando Hoja viu os curiosos das aldeias vizinhas empoleirados na beira dos barrancos ou no alto dos morros ao longo de todo o caminho, só para vislumbrar com grande temor a máquina de que não tinham coragem de se aproximar, ele recobrou o bom humor. À noite, no silêncio só quebrado pelos grilos, quando nossos homens caíam num sono profundo em suas tendas depois de suarem sangue o dia inteiro, Hoja descrevia-me a devastação que seu jovem colosso, como ele chamava a arma, havia de produzir nas forças do inimigo. É bem verdade que já não demonstrava o mesmo entusiasmo. Assim como eu, inquietava-se com a reação que o círculo do soberano e o exército teriam diante da máquina, qual seria a posição em que a escalariam na formação do exército para o ataque, mas ainda conseguia falar com convicção e segurança da nossa "última oportunidade"; de como tínhamos conseguido virar a sorte a nosso favor; e, o mais importante, de "nós" e "eles", assunto que continuava a despertar nele a mesma paixão.

A máquina de guerra entrou em Edirna com uma pompa que só o sultão e alguns cortesãos mais bajuladores da sua comitiva acolheram com alguma boa vontade. O monarca recebeu

Hoja como a um velho amigo. Circulavam rumores de guerra, mas não se viam muitos preparativos nem muita pressa; os dois homens começaram a passar os dias juntos. E volta e meia eu me reunia a eles; sempre estava por perto quando enveredavam a cavalo pelos sombrios bosques das redondezas para ouvir o canto dos pássaros, ou nas excursões de barco que faziam pelos rios Tunca e Meriç para observar as rãs, ou então quando iam acariciar as cegonhas que vinham se recuperar no pátio da mesquita de Selimiye dos ferimentos sofridos nos seus embates com as águias. Ou ainda quando eles iam examinar nossa máquina de guerra, maravilhando-se mais uma vez das manobras que executava. Mas eu percebia com tristeza que não tinha nada a acrescentar às suas conversas, não encontrava nada que pudesse lhes dizer de boa-fé e que pudesse despertar seu interesse. Talvez estivesse com ciúme da intimidade dos dois. Mas sabia bem que, no fim das contas, estava cansado de tudo aquilo. Hoja não parava de recitar sempre o mesmo poema, e àquela altura me espantava ver como o soberano ainda se deixava contagiar por aquelas surradas fantasias sobre a vitória, sobre a superioridade dos "outros", sobre o futuro, sobre o conteúdo misterioso das nossas mentes, e como, enfim, chegara nosso momento de triunfar e entrar em ação.

Um dia, na metade do verão, enquanto se multiplicavam os rumores de guerra, Hoja declarou-me que precisava de um companheiro forte e me pediu que o acompanhasse. Atravessamos rapidamente Edirna, a pé, e, depois de ultrapassar os bairros dos judeus e dos ciganos, chegamos a ruelas cinzentas que eu já havia percorrido com a mesma sensação de opressão que agora voltava a me assolar, passando pelas casas de muçulmanos pobres que, em sua maioria, eram indistinguíveis umas das outras. Acabei percebendo que certas casas cobertas de hera que tinha visto à minha esquerda se erguiam agora à minha direita, e entendi que tínhamos dado a volta e retornávamos pelo mesmo caminho. Perguntei a Hoja onde estávamos. Ele respondeu que nos encontrávamos no distrito de Fildamı, a "Casa dos Elefantes". Hoja parou bruscamente e bateu na porta de uma das casas. Um menino de uns oito anos e olhos verdes abriu a porta para nós. "Os leões!", disse Hoja, "os leões do palácio do sultão fugiram, e estamos procurando por eles!" Empurrou o menino para um lado e entrou na casa, comigo nos calcanhares. Atravessamos às pressas a casa mergulhada na penumbra, que cheirava a serragem, poeira e sabão. Subimos às pressas uma escada cujos degraus rangiam e que levava a um grande vestíbulo no piso superior; imediatamente, Hoja começou a abrir as portas que davam para o vestíbulo. No primeiro cômodo, um velho cochilava, com a boca desdentada entreaberta. Duas crianças risonhas que lhe faziam perguntas pulavam, tentando alcançar sua barba, e se assustaram quando viram a porta se abrir. Hoja fechou a porta e abriu outra, que dava para uma sala onde havia uma pilha de colchonetes e rolos de tecido para colchão. A criança que nos abrira a porta da rua se precipitou para agarrar a maçaneta da porta do terceiro cômodo antes que Hoja pudesse abri-la, dizendo: "Aqui não tem nenhum leão, só minha mãe e minha tia". Mas Hoja abriu a porta de qualquer maneira, e deu com as duas mulheres de costas para nós, fazendo suas preces a meia-luz. No quarto cômodo, um homem costurava um colchão: não usava barba, e por isso era mais parecido comigo. E levantou-se ao ver Hoja. "Por que você voltou? Está louco?", exclamou ele. "Que quer de nós?"

"Onde está Semra?", perguntou Hoja.

"Faz dez anos que ela foi para Istambul", respondeu o homem. "Ouvimos dizer que morreu de peste. Por que você também não esticou as canelas de uma vez?"

Hoja não lhe deu resposta: desceu as escadas às pressas e deixou a casa. Eu o seguia de perto, mas ainda ouvi a criança gritando atrás de mim e uma mulher que lhe respondia:

"Os leões estiveram aqui, mamãe?"

"Não, meu filho, só o seu tio e o irmão dele!"

Talvez porque não conseguisse esquecer o que ocorrera naquela casa, ou talvez porque visse no episódio um prólogo à minha nova vida e a este livro que você talvez continue a ler com tanta paciência, voltei duas semanas depois àquele mesmo lugar, de manhã bem cedo. De início, incapaz talvez de enxergar com clareza à primeira luz do dia, tive alguma dificuldade para encontrar a rua e a casa. Quando cheguei, fiz o possível para descobrir o caminho mais curto que levasse dali ao hospital da mesquita de Beyazıt. Talvez porque estivesse errado em julgar que Hoja e sua mãe teriam preferido o trajeto mais curto, não consegui achar o caminho sombreado por choupos que levava até a ponte. Encontrei um caminho ladeado de choupos, mas não havia rio por perto a cujas margens eles pudessem ter descansado e comido *helva* às escondidas tantos anos antes. E no hospital não havia nenhuma das coisas que eu imaginara, estava limpíssimo, sem nenhum lodo, não se ouvia o som de água corrente, nem se via nenhum frasco colorido em lugar algum. Quando vi um paciente preso por correntes, não resisti e perguntei a um médico o que havia com ele: o infeliz apaixonara-se e perdera o juízo, e agora acreditava que era outra pessoa, como ocorria com tantos loucos, explicou-me o médico. Talvez pudesse me dar mais detalhes, mas fui embora sem escutá-los.

A decisão de partir em campanha, que julgávamos adiada para o fim dos tempos, foi afinal tomada no término do verão, quando menos esperávamos: os poloneses, que não haviam se conformado com a derrota do ano anterior e com os pesados tributos que lhes foram impostos, tinham enviado uma mensagem ao sultão: "Venha receber seus tributos com a ponta das suas espadas!". Enquanto a ordem de marcha do exército era planejada, ninguém reservara um lugar para nossa máquina, e Hoja passou os dias seguintes sufocando de raiva; ninguém queria se ver em meio à batalha ao lado daquela geringonça de ferro fundido. Ninguém acreditava na capacidade daquele caldeirão gigantesco; pior, achavam que era de mau agouro. Na véspera do dia marcado para a partida, enquanto Hoja examinava os presságios para a campanha, ouvimos dizer que nossos rivais já vinham espalhando boatos; diziam abertamente que a probabilidade de a arma atrair mau-olhado era maior que a de nos trazer a vitória. Quando Hoja me falou das alegações de que a arma era funesta, acrescentando que se atribuía o mau agouro mais a mim do que a ele, fiquei apavorado. Mas o soberano reiterou sua confiança em Hoja e na arma, e, para evitar novas discussões, determinou que, durante a batalha, a máquina ficasse sob suas ordens diretas, junto às forças que ele próprio comandava. No começo de setembro, num dia quente, partimos de Edirna.

Todos achavam que o verão já ia adiantado demais para o início de uma campanha militar, mas ninguém tinha coragem de manifestar abertamente essa opinião. Eu começava a aprender que, durante uma campanha militar, os soldados tinham mais medo da má sorte que do inimigo, e que combatiam antes de mais nada esse terror. Na primeira noite, depois de termos passado o dia avançando para o norte, passando por aldeias prósperas e atravessando pontes que rangiam e tremiam ao peso da nossa arma, ficamos surpresos ao ser convocados para a tenda do sultão. Como seus soldados, o soberano parecia ter voltado a ser um menino, tinha o ar de um garoto ansioso e excitado com o começo de uma nova brincadeira. Exatamente como seus soldados, perguntou a Hoja como ele interpretava os presságios do dia: a nuvem vermelha que antecedera o pôr-do-sol, os falcões que passaram por nós voando baixo, a chaminé desabada numa casa da aldeia, as cegonhas voando para o sul — que significavam aqueles sinais? Hoja, é claro, deu a todos eles uma interpretação favorável.

Aparentemente, porém, nossa tarefa ainda não terminara; nós dois descobrimos que, nas noites de campanha militar, o soberano adorava ouvir histórias bizarras e assustadoras. Hoja invocou imagens sombrias do poema apaixonado que servia de prólogo àquele nosso livro, que era o meu preferido e déramos ao sultão anos antes — imagens malignas coalhadas de cadáveres, batalhas sangrentas, derrotas, traição e sofrimento. Mas procurava atrair os olhos assustados do soberano para a chama da vitória que ardia num canto daquele quadro: precisávamos avivar aquela chama com a inteligência, tanto a "nossa" quanto a dos "outros", estudar e compreender os segredos do interior das nossas mentes. Hoja repisava aquelas afirmações com que me fartara aqueles anos todos e as quais eu agora queria esquecer. Precisávamos despertar daquela nossa letargia o mais cedo possível, repetia ele. Eu estava mais que farto daquelas histórias, mas a cada noite Hoja exagerava um pouco mais o tom sombrio delas, seus horrores, sua malevolência, talvez porque achasse que o monarca também estivesse ficando enfastiado daquelas fábulas. No entanto, eu sentia o sultão estremecer de prazer quando Hoja falava do interior das nossas mentes...

As expedições de caça iniciaram-se na semana seguinte. Um grupo que vinha acompanhando o exército somente com essa finalidade ia à frente para bater o terreno e, depois de vasculhar toda a área, escolher o lugar mais propício para onde levar os camponeses; o soberano e seus companheiros de caça, entre os quais estávamos incluídos, deixávamos a coluna em marcha a galope e seguíamos para alguma floresta famosa por sua abundância em cervos, subíamos alguma encosta freqüentada por javalis ou rumávamos para algum bosque repleto de lebres e raposas. Depois dessas pequenas caçadas, que duravam horas, voltávamos com grande pompa ao encontro do restante do exército, como se retornássemos vitoriosos da batalha, e, enquanto os soldados saudavam o monarca, assistíamos a tudo, postados logo atrás dele. Eu adorava essas cerimônias, a que Hoja reagia com raiva e horror. À noite, em vez de conversar com o sultão a respeito do avanço das tropas, das aldeias que o exército atravessava ou das últimas notícias do inimigo, eu preferia falar de caça. Em seguida, irritado com aquela conversa, que achava estúpida e insensata, Hoja retomava suas histórias e as previsões, que iam ficando mais sombrias a cada noite que passava. Como outros cortesãos próximos ao soberano, a essa altura até eu me incomodava em vê-lo dar crédito àquelas lorotas sobre o conteúdo misterioso das nossas mentes, àquelas histórias de horror que Hoja se esforçava para tornar mais assustadoras.

Mas eu ainda haveria de testemunhar coisa bem pior! Saímos para caçar mais uma vez; uma aldeia próxima havia sido evacuada, e toda a população fora espalhada pela floresta, batendo em potes e panelas para empurrar os cervos e os javalis rumo ao ponto onde os esperávamos com nossos cavalos e nossas armas. Mesmo assim, ao meio-dia, ainda não tínhamos visto nenhum animal. Para aliviar o cansaço e o desconforto do sol a pino, o soberano pediu a Hoja que lhe contasse alguma daquelas histórias que lhe davam calafrios toda noite. Avançávamos ao passo lento das nossas montarias, ouvindo um rumor quase imperceptível de panelas, que vinha de muito longe, quando chegamos finalmente a uma aldeia cristã, onde paramos. Foi então que vi Hoja e o sultão apontando para uma das casas vazias da aldeia e para um velho magro que pusera a cabeça para fora da porta entreaberta. Dois guardas o agarraram pelos braços e o postaram diante do monarca. Pouco antes, eles conversavam mais uma vez sobre os "outros" e sobre o conteúdo das suas mentes, e agora, quando vi a curiosidade que se lia no rosto deles e ouvi Hoja fazer algumas perguntas ao velho por intermédio de um intérprete, aproximei-me, preocupado com o que podia acontecer.

Hoja interrogava o velho camponês, exigindo que respondesse imediatamente, sem tempo de pensar: qual havia sido seu maior pecado, a pior coisa que ele fizera na vida? O aldeão, num grosseiro dialeto eslavo que o intérprete tinha dificuldade de traduzir, murmurou com voz rouca que era um pobre velho inocente e sem culpa, que não cometera pecado algum; mas Hoja insistiu, com uma veemência peculiar, para que o velho nos contasse tudo a respeito dele. Quando viu que o soberano esperava sua resposta tão ansioso quanto Hoja, o velho reconheceu que tinha cometido alguns pecados: sim, ele era culpado, tinha cometido um pecado grave, devia ter deixado sua casa juntamente com o resto da aldeia, para ir bater panelas e espantar a caça juntamente com os outros, mas estava doente, com várias enfermidades, já não tinha a saúde necessária para passar o dia inteiro correndo pela floresta; e apontava o dedo para o peito, murmurando um pedido de perdão. Hoja irritou-se e cobriu o velho de insultos: não estava perguntando pela caçada, queria saber dos pecados de verdade que ele cometera. Mas o aldeão não entendeu a pergunta, que nosso intérprete não parava de repetir; parado no mesmo lugar, apertava tristemente o peito com a mão, na falta de outra coisa que dizer. Levaram o velho embora. Quando o próximo aldeão que trouxeram nos declarou a mesma coisa, Hoja ficou rubro de cólera. E, quando contou ao segundo aldeão, para encorajá-lo a confessar, as transgressões da minha infância, as pequenas mentiras que eu inventava para ser mais amado que meus irmãos e irmãs, as indiscrições sexuais que cometera nos meus tempos de estudante, e tudo como se falasse dos erros de um pecador anônimo, ouvi tudo e rememorei com repulsa e vergonha aqueles dias que passamos juntos durante a peste e que mesmo assim evoco com saudades neste livro. Quando um último aldeão que trouxeram, um homem manco, confessou num sussurro que espiava em segredo as mulheres quando se banhavam no rio, a ira de Hoja acalmou-se um pouco. Eis como eles, os "outros", comportavam-se quando confrontados com seus pecados! Eram capazes de confessá-los, e de assumi-los! Mas nós, a essa altura, já deveríamos entender bem o que acontecia nos recessos das nossas mentes, e assim por diante. Quanto a mim, preferia acreditar que o sultão não ficara impressionado.

Mas sua curiosidade fora despertada; dois dias depois, numa nova expedição de caça em busca de cervos, ele permitiu que Hoja repetisse a experiência; talvez porque não conseguisse resistir à insistência de Hoja, ou talvez porque ele próprio encontrasse mais prazer naqueles interrogatórios do que eu imaginava. A essa altura, já tínhamos atravessado o Danúbio e estávamos novamente numa aldeia cristã, mas as pessoas falavam uma língua derivada do latim. Quanto às perguntas que Hoja fez aos moradores, apresentavam poucas mudanças. Num primeiro momento, nem me interessei pelas respostas dos aldeões, apavorados com as perguntas e com o homem que as fazia, aquele inquisidor anônimo que parecia contar com o apoio silencioso do sultão. Fui tomado por uma estranha repulsa. Mais que a Hoja, eu culpava o soberano, que se deixava engambelar pelos discursos dele ou se mostrava incapaz de resistir aos atrativos daquele jogo sinistro. Mas demorou pouco tempo para que eu pensasse que ninguém perde nada só por ouvir e acabasse me aproximando, tomado pelo mesmo fascínio. Os pecados e as transgressões, relatados agora numa língua que me parecia mais elegante e agradável aos ouvidos, eram na maioria semelhantes entre si: simples mentiras, pequenas imposturas; uma ou duas trapaças, duas ou três infidelidades; no pior dos casos, um que outro pequeno furto.

À noite, Hoja declarou que os aldeões não tinham revelado tudo, que nos escondiam a verdade; afinal, eu havia ido muito mais longe nas minhas confissões escritas: eles deviam ter cometido pecados bem mais graves e mais reais, que marcavam a diferença entre "eles" e "nós". A fim de descobrir essas verdades, que poderiam nos ajudar a convencer o sultão, para podermos provar que tipo de homens eram "eles" e, conseqüentemente, quem éramos "nós", Hoja estava disposto a usar a violência, se necessário...

E os dias seguintes transcorreram assim, nessa atmosfera de opressão cada vez mais violenta, cada vez mais absurda. No começo, tudo era mais simples; éramos como crianças que admitem na sua brincadeira a troca de alguns gracejos pesados mas inofensivos. Aquelas horas de interrogatório lembravam os números cômicos curtos inseridos entre os vários atos de uma peça, nos intervalos das nossas longas e agradáveis expedições de caça. Com o tempo, porém, transformaram-se em rituais que nos minavam a paciência e a resistência nervosa mas dos quais já não conseguíamos desistir. Eu via os aldeões estupidificados de pavor ante a violência das perguntas de Hoja e sua cólera incompreensível; se soubessem exatamente o que se esperava deles, talvez pudessem corresponder. Via os velhos desdentados e exaustos reunidos na praça da aldeia, implorando o socorro dos que os cercavam, enquanto eram forçados a descrever gaguejantes seus malfeitos e pecados, reais ou imaginados. Via os jovens brutalizados, espancados e obrigados a se levantar de novo quando suas confissões e seus pecados não eram considerados satisfatórios. E lembrava-me dos murros que Hoja me desferia nas costas depois de ler meus escritos, chamando-me de patife e murmurando enraivecido porque não conseguia entender como eu podia ser como era. Mas agora ele tinha uma idéia melhor, embora um tanto confusa, do que buscava, das conclusões a que queria chegar. E ainda recorreu a outros métodos: interrompendo o tempo todo o aldeão que confessava seus pecados, ele o acusava de mentir; e nossos homens surravam o infeliz. Noutras ocasiões, interrompia o homem alegando que as declarações de um dos seus amigos contradiziam as dele. Chegou a tentar interrogá-los dois a dois, mas constatou que desse modo as confissões tendiam a ser superficiais e que os aldeões sentiam vergonha uns dos outros, apesar da violência que nossos soldados lhes aplicavam com tanto gosto. O que deixava Hoja furioso.

Quando começaram as chuvas incessantes, eu também já estava quase habituado àqueles acontecimentos. Ainda lembro que os aldeões que falavam eram obrigados a passar horas a fio esperando em pé e encharcados no meio da praça enlameada de uma aldeia, sendo surrados em vão, incapazes de contar uma história e sem a intenção de falar muito. Com a passagem do tempo, nossas caçadas foram ficando cada vez mais breves e desinteressantes. Ainda abatíamos ocasionalmente algum cervo de belos olhos tristes, cuja morte sempre comovia o sultão, ou algum javali enorme, mas agora não pensávamos mais nos detalhes da caçada, e sim nos interrogatórios cujos preparativos se iniciavam com grande antecedência, como ocorria com as caçadas. À noite, como que dominado por remorsos pelo que fizera o dia inteiro, Hoja confessava-me seus sentimentos. Também ele estava ficando perturbado com os acontecimentos, com aquela violência, mas estava tentando provar uma coisa; uma verdade, um conhecimento que poderia ser útil a todos nós: e queria torná-la evidente também aos olhos do monarca; e, afinal, por que aqueles aldeões insistiam em lhe esconder a verdade? Em seguida, declarou que deveríamos fazer a mesma experiência numa aldeia muçulmana, para efeito de comparação. Mas lá também os resultados não foram os que esperava: embora ele os tivesse interrogado sem maltratá-los muito, o fato foi que os aldeões lhe fizeram confissões mais ou menos iguais às dos seus vizinhos cristãos. Era um desses dias enfadonhos, em que a chuva não dava trégua. "Não são muçulmanos de verdade", murmurou Hoja entre os dentes, a certa altura. Mas à noite, quando ele passava em revista as ocorrências do dia, dei-me conta de que percebeu que tal verdade não escapara também aos olhos do sultão.

Essa descoberta só aumentou sua raiva; e o levou, em desespero de causa, a recorrer a uma violência maior ainda. Uma violência que não agradava ao sultão mas que lhe despertava, como também a mim, uma curiosidade malsã. Em nosso lento avanço para o norte, chegamos a uma nova área coberta de florestas onde os habitantes falavam uma língua eslava. Numa bela aldeia, vimos Hoja esmurrar com os próprios punhos um bonito adolescente que só conseguira se lembrar de um pecado de mentira cometido na infância. Hoja fez o juramento de que nunca mais surraria ninguém e, à noite, foi tomado por um sentimento de culpa que até eu achei excessivo. Noutra ocasião, enquanto caía uma chuva amarelada, julguei ter visto as mulheres de uma aldeia chorando a triste sorte dos seus homens. E até nossos soldados, que haviam se tornado especialistas na função, pareciam estar fartos daquilo tudo; sem nem esperar nossas ordens, às vezes escolhiam por conta própria o próximo homem a confessar, e, depois que o traziam, nosso intérprete cuidava de fazer ele mesmo as primeiras perguntas no lugar de Hoja, que parecia esgotado por seus ataques de raiva. Não que jamais nos deparássemos com vítimas interessantes: aterrorizados e fascinados, surpresos diante da nossa violência — a respeito da qual, ficamos sabendo, as notícias viajavam de aldeia em aldeia e se transformavam em lenda — ou ainda movidos pelo sentimento de alguma justiça suprema cujo sentido lhes escapava, alguns se lançavam numa verdadeira torrente de confissões, como se no fundo do coração viessem esperando havia anos por aquele dia do julgamento. Mas agora Hoja não estava mais interessado nos relatos de infidelidades de homens e mulheres, nas histórias dos camponeses pobres que invejavam os vizinhos ricos. Repetia sempre que existia uma verdade mais profunda, mas acredito que àquela altura ele próprio, como todos nós, duvidava que um dia chegaríamos a ela. Ou ao menos ele percebia nossa dúvida, o que despertava sua fúria. Mas tanto nós como o próprio monarca sentíamos que ele não tinha a intenção de desistir. E deve ser por isso que nos resignamos a ser apenas espectadores, deixando que ele mantivesse as rédeas nas mãos. E foi por isso que ficamos um pouco esperançosos no dia em que vimos Hoja, encharcado até os ossos sob um violento temporal de que nos abrigamos debaixo de um beiral, interrogar por horas um jovem que detestava o padrasto e os filhos dele por maltratarem sua mãe. Naquela mesma noite, porém, ele pôs de lado o assunto, dizendo que aquele era apenas um jovem comum, que não merecia ser lembrado.

Continuamos avançando para o norte, cada vez mais para o norte. A coluna em marcha, seguindo rotas sinuosas que cruzavam altas montanhas e atravessavam florestas escuras, ia muito devagar pelas estradas cobertas de lama. Eu gostava do ar frio e turvo que emanava dos bosques dominados pelos pinheiros e pelas faias, dos silêncios inquietantes envoltos em nevoeiro, dos contornos indistintos. Embora ninguém os chamasse por esse nome, creio que estivéssemos nas encostas dos Cárpatos, como eu vira na minha infância nas legendas de um mapa da Europa que meu pai possuía, um mapa desenhado por algum artista medíocre, que o decorara com figuras de cervos e castelos góticos. Hoja resfriara-se na chuva e ficara doente, mas mesmo assim entrava conosco na floresta a cada manhã, afastando-nos da estrada que serpenteava infindavelmente, como se quisesse adiar ao máximo a chegada a qualquer lugar. As expedições de caça pareciam esquecidas: já não cogitávamos encurralar algum cervo às margens de um rio torrencial ou à beira de um precipício. Avançávamos vagarosamente, como se quiséssemos alongar a espera dos aldeões que estavam sendo preparados para nossa chegada! Quando decidíamos que tinha chegado a hora, fazíamos nossa entrada numa das aldeias e, depois de levar a cabo nosso ritual, tornávamos a seguir Hoja, que, sem ter ainda dessa vez encontrado o que buscava, resolvia nos conduzir imediatamente a uma nova aldeia, ansioso por esquecer os infelizes que haviam sido surrados e maltratados, ansioso por esquecer, sobretudo, seu próprio desespero. Um dia, decidiu fazer uma experiência: o sultão, cujo interesse e cuja paciência tanto me surpreendiam, mandou chamar vinte janízaros. Em seguida, Hoja fez a mesma pergunta, alternadamente, a eles e aos aldeões de cabelos claros que esperavam, com ar apavorado, diante da porta das suas casas. Outra vez, Hoja conduziu os aldeões até a coluna em marcha para lhes mostrar nossa arma, que avançava a custo, rangendo e gemendo, no seu esforço de acompanhar as forças do soberano por aquelas estradas enlameadas. Perguntou-lhes o que achavam da máquina e ordenou que os escribas anotassem as respostas. Mas estava no limite das suas forças. Talvez fosse porque, como ele afirmava, não entendêssemos a utilidade das suas experiências, ou talvez porque ficara com medo de toda aquela violência sem sentido, ou talvez ainda em razão do sentimento de culpa e dos remorsos que o torturavam à noite, ou porque estivesse farto das queixas dos soldados e dos paxás, que reprovavam aquela máquina e os episódios na floresta, ou talvez simplesmente porque estava doente, não sei. Mas sua voz, entrecortada de acessos de tosse, não trovejava mais como antes; ele perdera o ânimo de fazer aquelas perguntas, cujas respostas sabia de cor; e à noite, quando ele falava da vitória, do futuro e da nossa obrigação de nos erguer em defesa da nossa salvação, sua voz cada vez mais apagada já não conseguia soar convincente. Lembro-me de tê-lo visto uma última vez exposto a uma chuva sulfurosa que recomeçara a cair, interrogando sem muita segurança alguns apavorados aldeões eslavos. Nós não queríamos mais ouvir e ficávamos observando de longe; a uma luz de sonho borrada pela chuva, vimos os aldeões imóveis lançar olhares sem expressão para a superfície molhada de um grande espelho de moldura dourada que Hoja fazia passar de mão em mão.

E foi essa nossa última "caçada". Tínhamos atravessado um rio e ingressado nas terras polonesas. Nossa máquina de guerra já não conseguia avançar pelas estradas que a chuva incessante e cada vez mais violenta transformara em puro barro, mais pegajoso a cada dia que passava, e ela retardava a marcha da coluna justo quando precisaríamos andar mais depressa. Imediatamente, os rumores sobre a má sorte e mesmo a maldição da nossa máquina — que os paxás nunca tinham aprovado — começaram a ficar mais fortes; e ainda eram intensificados pelos murmúrios dos janízaros que haviam participado das "experiências" de Hoja. E, como sempre, o acusado daquilo tudo não era Hoja, mas eu, o Infiel. Quando Hoja recomeçava seu velho ramerrão adornado de versos — de que agora até o sultão se cansara — e falava do quão indispensável era aquela arma, da força do inimigo, de como precisávamos tomar a iniciativa e lhe passar à frente, os paxás que o escutavam na tenda do soberano ficavam ainda mais convencidos de que éramos charlatães e de que nossa arma trazia má sorte para todo o exército! Julgavam que Hoja era um homem doente que perdera o rumo. Mas ainda tinha salvação. O verdadeiro perigo, o verdadeiro culpado, era eu! Eu é que havia enganado a Hoja e ao sultão, eu é que tivera aquelas idéias funestas! À noite, quando nos recolhíamos para nossa tenda, Hoja falava dos paxás com raiva e desprezo, e sua voz devastada usava os mesmos termos do passado, quando reclamava dos seus "idiotas": mas nada mais restava da alegria e da esperança que eu ainda gostaria de manter intactas.

Dava para ver, porém, que Hoja ainda não estava pronto para desistir. Passados dois dias, quando nossa máquina atolou na lama bem no meio da coluna em marcha, perdi minhas últimas esperanças; mas Hoja, embora muito doente, continuou a lutar. Ninguém quis nos dar ajuda: recusaram-nos homens e cavalos; Hoja procurou o sultão e conseguiu reunir quarenta cavalos, formou um grupo de homens, retirou as correntes dos canhões e quase ao anoitecer, depois de um dia inteiro de esforços, açoitando os cavalos com fúria sob o olhar dos rivais, que rezavam para que a máquina afundasse e lá ficasse para sempre, ele conseguiu fazer nosso monstruoso inseto sair do lugar. E ainda passou a noite discutindo com os paxás, que queriam livrar-se de nós de uma vez por todas e diziam que a arma, além de amaldiçoada, estava causando grandes dificuldades ao exército. No entanto, pude sentir que ele já não confiava na vitória.

Uma noite, na nossa tenda, quando tentei tocar alguma coisa no alaúde que eu me lembrara de trazer comigo para a guerra, Hoja arrancou-o das minhas mãos e o jogou longe. E declarou-me que estavam pedindo minha cabeça — eu não sabia? Sim, eu sabia. E ele ficaria perfeitamente satisfeito, disse ele, se pedissem a cabeça dele, e não a minha. Também disso eu sabia, mas não disse nada. E já me abaixava para pegar de volta meu alaúde, quando ele me deteve e pediu que lhe falasse mais sobre aquele lugar, o meu país. E, quando lhe contei duas ou três historietas como as que contava ao soberano, totalmente inventadas, ele se enfureceu. Era a verdade que ele exigia, queria detalhes reais. Interrogou-me acerca da minha mãe, da minha noiva, dos meus irmãos e irmãs. E, quando comecei a lhe descrever a "verdade", juntou sua voz à minha; murmurava em voz rouca palavras abafadas de italiano que aprendera comigo, frases curtas e entrecortadas que não faziam sentido aos meus ouvidos.

Durante os dias seguintes, quando começamos a ver as primeiras fortificações em ruínas capturadas e incendiadas pelas forças da nossa vanguarda, senti que Hoja foi tomado por uma última esperança, mas também que se inquietava com pensamentos estranhos e malsãos. Certa manhã, enquanto atravessávamos lentamente uma aldeia em chamas destruída por nossos canhões, ele apeou do cavalo ao ver um grupo de feridos que agonizavam ao pé de um muro e correu até eles. Fiquei observando de longe e, num primeiro momento, pensei que ele queria ajudá-los e que se disporia a ouvir suas queixas, se tivesse um intérprete ao lado; mas logo percebi que estava tomado por uma agitação cujo motivo tive a impressão de pressentir: era outra coisa que ele pretendia perguntar-lhes. No dia seguinte, entrou no mesmo estado de excitação quando cavalgávamos com o soberano, passando em revista as fortificações destruídas e as ruínas dos fortins inimigos dos dois lados da estrada. Assim que viu um ferido com a cabeça ainda intacta estendido entre as fortificações arrasadas e as barricadas de madeira estraçalhadas pelos obuses, correu até ele. Embora soubesse que me acusavam de responsável por levá-lo àqueles atos, segui-o, disposto a evitar que cometesse alguma vilania ou talvez simplesmente movido por uma curiosidade perversa. Ele parecia acreditar que os feridos, com seus corpos despedaçados por balas e obuses, poderiam fazer-lhe alguma revelação antes de terem os rostos cobertos pela máscara da morte; e achei que Hoja se preparava para interrogá-los e incitá-los a falar, a fim de ouvir, da sua boca, aquela verdade profunda que iria mudar tudo de uma hora para outra. Mas logo vi que ele identificava ao seu próprio desespero o desespero que se lia naqueles rostos tão próximos da morte; quando chegava perto deles, ficava sem ação e se descobria incapaz de falar.

Naquele mesmo dia, ao anoitecer, quando soube que o sultão estava muito irritado porque a cidadela de Doppio continuava resistindo ao nosso exército, Hoja tornou a ser tomado pela agitação e correu ao encontro do soberano. Estava apreensivo quando voltou, mas não parecia saber por quê. Pedira ao sultão que lhe permitisse participar do combate com sua máquina de guerra; era para esse dia que passara tantos anos trabalhando naquela arma. Ao contrário do que eu esperava, o monarca concordou que o momento tinha chegado, mas acrescentou que precisava dar mais algum tempo ao paxá Hussein, o Louro, a quem encarregara primeiro do assalto. Por que o soberano dera essa resposta?, perguntava-se Hoja. Eis uma dessas perguntas que, ao longo dos anos, jamais pude saber ao certo se Hoja fazia a mim ou a si próprio. Por alguma razão, repetia comigo que já não me sentia próximo dele, que estava mais que farto daquela inquietação permanente. E Hoja respondeu ele mesmo à pergunta: "eles", concluiu, temiam que ele lhes roubasse uma parte da vitória!

Até a tarde seguinte, quando soubemos que o paxá Hussein, o Louro, ainda não conseguira se apoderar da cidadela, Hoja fez todo o possível para se convencer de que estava certo. Como os rumores que me acusavam de mau-olhado e de trazer má sorte vinham aumentando, eu já não comparecia à tenda do soberano. Naquela noite, quando lá chegou para interpretar os acontecimentos do dia, Hoja conseguira, segundo me disse, retomar seu discurso de vitória e de boa sorte, e o sultão dera a impressão de acreditar. Quando voltou à nossa tenda, demonstrava o otimismo seguro de quem conseguira superar a sorte adversa. Fiquei escutando suas palavras, menos impressionado com aquele otimismo do que com o supremo esforço que Hoja parecia fazer para mantê-lo vivo.

Ele retomou sua velha arenga, falando de "nós", dos "outros" e da vitória próxima, mas havia na sua voz uma tristeza que nunca acompanhara essas histórias e que soava como uma melodia melancólica; era como se ele falasse de uma lembrança de infância que nós dois conhecíamos muito bem, porque a teríamos vivido juntos. Não protestou quando peguei meu alaúde, nem quando comecei a dedilhar suas cordas sem muito jeito: falava do futuro, dos dias magníficos que haveríamos de viver depois que tivéssemos conseguido desviar o curso do rio na direção que desejávamos. Mas tanto eu como ele sabíamos muito bem que falava do passado. Imagens desfilavam diante dos meus olhos: árvores graciosas num jardim agradável cercado de muros atrás de uma casa, aposentos silenciosos e aquecidos cintilando com várias luzes, uma família feliz reunida em torno da mesa... Era a primeira vez em muitos anos que ele me transmitia uma sensação de serenidade; e entendi o que ele sentia quando me disse que gostava das pessoas daqui e que seria difícil deixá-las. E também achei que tinha bons motivos, não sei por quê, quando, depois de pensar um pouco, lembrou-se dos seus "idiotas" e ficou irritado. Talvez porque seu otimismo não fosse uma mera afetação; talvez porque gostássemos igualmente, ele e eu, da vida nova que nos esperava; ou talvez porque eu dissesse comigo que agiria exatamente como ele se estivesse no seu lugar; não sei.

Quando, na manhã seguinte, lançamos nossa máquina de guerra, para testá-la, contra uma pequena fortificação inimiga próxima à frente de batalha, tivemos os dois o estranho pressentimento de que ela não seria muito bem-sucedida. De fato, os quase cem homens que o sultão pusera sob nossas ordens se dispersaram assim que a arma entrou em movimento. Alguns deles foram esmagados pela própria máquina; outros foram mortos por ter ficado sem cobertura quando o aparelho emperrou estupidamente na lama, depois de disparar poucos tiros sem pontaria. E fomos incapazes de reagrupar para um novo assalto a maioria dos soldados, que fugiram do campo de batalha com medo dos malefícios. Sem dúvida, Hoja e eu também devíamos estar pensando na má sorte...

Mais tarde, quando os homens comandados pelo paxá Hassan, o Robusto, tomaram a fortificação em menos de uma hora e com pouquíssimas baixas, Hoja ainda quis, invadido por uma última esperança que eu também imaginava entender, provar a eficiência do saber dele, mas todos os soldados infiéis que guarneciam a fortificação tinham sido degolados no fio da espada. Nenhum homem ainda respirava entre as ruínas fumegantes. E, quando vi num canto de muro as cabeças empilhadas para ser apresentadas ao soberano, percebi de imediato o que Hoja estava pensando; pior, achei aquele seu fascínio justificado, mas àquela altura já não queria testemunhar o que ele faria; e lhe dei as costas. Pouco depois, quando não consegui mais conter a curiosidade e me virei para olhar, Hoja se afastava da pilha de cabeças cortadas; e nunca pude saber até que ponto ele se atreveu a chegar.

Quando tornamos a nos reunir à coluna em marcha, perto do meio-dia, ficamos sabendo que a cidadela de Doppio ainda não caíra; o sultão estava furioso, diziam, e falava em castigar o paxá Hussein; o exército inteiro dirigia-se para a cidadela, e iria se juntar ao cerco! E, se a fortaleza não fosse tomada ainda naquela noite, disse o soberano a Hoja, nossa máquina de guerra seria usada no ataque da manhã seguinte. Enquanto isso, o monarca ordenara a decapitação de um comandante inepto que não conseguira, ao cabo de um dia inteiro, tomar de assalto um mero fortim. O sultão não se preocupara com o fracasso da nossa arma, que àquela altura voltara a se reunir à coluna em marcha, na tomada daquela outra fortificação, nem dera ouvidos aos rumores de que ela trazia má sorte. Quanto a Hoja, não falava mais da nossa contribuição para a vitória próxima e ficava calado. Mas eu sabia que pensava na morte do ex-astrólogo imperial, assim como sabia, quando rememorava as cenas da minha infância ou os animais que tínhamos na nossa propriedade, que as mesmas coisas estavam passando pela cabeça dele. A conquista da cidadela seria nossa última oportunidade. Eu sabia que a mesma idéia passava pela cabeça dele, e também que ele já não tinha a menor confiança naquela oportunidade — e que nem sequer a queria. Eu sabia que uma igrejinha e seu campanário haviam sido incendiados, por raiva daquela fortaleza que não conseguíamos conquistar, e que a prece murmurada naquela igreja por um corajoso sacerdote evocava uma vida nova. À medida que avançávamos mais para o norte, eu sabia ainda que o sol que se punha atrás dos morros cobertos de florestas despertava em Hoja, como em mim, a sensação de realização perfeita de alguma evolução que eu não sabia definir.

Depois que o sol se pôs, ficamos sabendo que o novo assalto lançado pelo paxá Hussein, o Louro, tinha fracassado e que, além disso, reforços austríacos, magiares e cazaques haviam se juntado aos poloneses na defesa de Doppio. E finalmente chegamos a um ponto de onde se via o castelo. Erguia-se no alto de um morro bem elevado; a luz enviesada do sol poente tingia de um vermelho desbotado os estandartes hasteados nas suas torres. E era branco; imaculado e belo. E não sei por que me ocorreu que só em sonho se poderia imaginar uma coisa tão linda e inacessível. Nesse sonho, você sobe por uma vereda sinuosa que atravessa uma floresta densa, correndo para tentar alcançar aquela massa de luz cegante erguida no topo, aquele edifício de marfim; como se ali o esperassem prazeres que você não quer perder, uma oportunidade de ser feliz que não quer deixar escapar. Mas esse caminho, a cujo termo você espera chegar a cada momento, na verdade nunca termina. Quando eu soube que um rio que transbordava com freqüência produzira um pântano malcheiroso nas terras baixas entre a floresta e o pé da encosta, e que a infantaria até o atravessara mas não conseguia atingir o alto da colina por mais que tentasse e a despeito do apoio da artilharia, pensei na estrada que nos levara até ali, como se tudo fosse tão perfeito quanto a visão daquele castelo muito branco, das aves que sobrevoavam suas torres, tão perfeito quanto os flancos da encosta, a floresta sombria e silenciosa e os rochedos cada vez mais escuros. Agora, eu sabia que as experiências que vivera ao longo de todos aqueles anos tinham sido inevitáveis, e não fruto do acaso como eu sempre acreditara; e que nossos soldados jamais conseguiriam alcançar as torres brancas da cidadela. Sabia que Hoja pensava exatamente o mesmo que eu: quando, na manhã seguinte, nós nos juntássemos às forças de assalto, nossa arma haveria de atolar no pântano, causando a morte dos homens que a tripulavam. E sabia também que, com a intenção de pôr fim aos rumores de uma maldição, haveria vozes exigindo minha cabeça para lançá-la aos pés dos soldados, e assim aplacar seu medo e suas queixas. E sabia ainda que Hoja concluíra a mesma coisa. Lembrei-me de uma ocasião, muitos anos antes, em que, tentando estimulá-lo a falar dele, contara-lhe a história de um amigo meu de infância com quem eu desenvolvera o hábito de pensar conjuntamente as mesmas coisas. E, naquele instante, eu não tinha dúvida de que Hoja pensava exatamente o mesmo que eu.

Tarde naquela noite, ele foi até a tenda do soberano, e tive a impressão de que nunca mais iria voltar. Eu tinha uma idéia do que ele diria ao sultão e aos paxás reunidos na tenda, quando lhe pedissem que interpretasse os acontecimentos do dia e previsse o futuro. Cheguei até a imaginar que o tivessem executado ali mesmo e que em seguida os algozes viriam à minha procura. Imaginei ainda que tivesse conseguido deixar a tenda e fugir, sem se dar o trabalho de me dizer nada, rumando direto para a cidadela cujas muralhas brancas brilhavam no escuro, e que já tivesse chegado lá havia muito, apesar do pântano, da floresta e das sentinelas. Eu esperava o amanhecer sem grande apreensão, pensando na minha vida nova, quando ele apareceu. Só muitos anos mais tarde, depois de interrogar longamente e com a máxima prudência vários dos presentes à tenda do sultão naquela noite, é que eu soube que Hoja lhes dissera exatamente o que eu tinha imaginado. Ele não me explicou nada; corria de um lado para outro; arrumava-se às pressas, como um viajante na véspera da partida. Disse-me simplesmente que o nevoeiro estava muito denso. E eu entendi...

Até o dia raiar, descrevi para ele tudo o que deixara no meu país; expliquei-lhe como poderia encontrar minha casa; falei-lhe da notoriedade da minha família em Empoli e em Florença, da minha mãe, do meu pai, dos meus irmãos e irmãs, do caráter de cada um. Mencionei alguns sinais que os diferenciavam entre si. Lembrei que já lhe falara de todos aqueles pormenores, inclusive da grande verruga nas costas do meu irmão caçula. E estava plenamente convencido da veracidade de tudo o que lhe contava, embora essas mesmas histórias às vezes tenham me parecido inventadas, quando as narrava para distrair o sultão ou no momento presente, enquanto escrevo este livro. A gaguez da minha irmã mais velha era real, bem como o grande número de botões que guarneciam nossas roupas. Reais como a paisagem que eu via da janela que dava para o jardim atrás da nossa casa. Pouco antes da aurora, concluí que, se aquelas histórias sempre me seduziram tanto, era porque eu acreditava que cedo ou tarde seriam retomadas, no ponto onde tinham sido interrompidas. E sabia que Hoja pensava o mesmo e que, por sua vez, também acreditava encantado na sua própria história.

Trocamos de roupas sem pressa e sem dizer uma palavra. Entreguei-lhe meu anel e o medalhão que eu conseguira manter escondido por todos aqueles anos: continha ainda um cacho de cabelos da mãe da minha avó e outro dos cabelos da minha noiva: haviam embranquecido. Ele gostou do medalhão, que pôs imediatamente em torno do pescoço. Em seguida, saiu da tenda e se afastou. Fiquei olhando enquanto ele desaparecia aos poucos no nevoeiro e no silêncio. O dia clareava. Exausto, deitei-me na sua cama e adormeci tranqüilamente.

11.

Chego agora ao fim do meu livro. Pode ser que meus leitores mais inteligentes já o tenham abandonado, decidindo que na verdade minha história já acabou há muito tempo. Houve uma época em que eu pensava o mesmo: enfiei estas páginas numa gaveta anos atrás, determinado a nunca mais relê-las. Naqueles dias, pretendia consagrar minha imaginação a outras histórias, que inventava não para distrair o sultão, mas para meu próprio prazer: por exemplo, a história de um mercador transformado em lobo que ia viver entre os lobos; histórias de amor que se desenrolavam em países que eu nunca vira; histórias de desertos infindáveis ou de florestas petrificadas sob o gelo. Queria esquecer este livro e esta história. Embora soubesse que o esquecimento não seria fácil, depois de tudo o que vivi e aprendi, pode ser que eu tivesse conseguido. Mas me deixei influenciar por um visitante que esteve comigo duas semanas atrás e retomei este livro. Hoje, sei que, de todos os livros que escrevi, é este o meu predileto. E disponho-me a lhe dar o final que ele merece, que sempre desejei, que sempre sonhei.

Da nossa velha mesa, à qual me sento para terminar meu livro, vejo um pequeno veleiro que zarpa de Cennethisar a caminho de Istambul, um moinho girando ao longe entre os olivais, crianças empurrando umas às outras enquanto brincam no fundo do jardim entre as figueiras, a estrada empoeirada que liga Gebze à capital. Durante as neves do inverno, pouca gente passa por ela, mas na primavera e no verão vejo as caravanas que rumam para o leste, para a Anatólia, até para Damasco ou Bagdá. Mas o que mais se vê são os velhos carros de boi que avançam a passo de lesma. Às vezes, fico agitado ao vislumbrar um cavaleiro distante cujas roupas não consigo identificar, mas, quando ele se aproxima, percebo que não vem me ver: nos últimos tempos, ninguém me procura, e agora sei muito bem que ninguém virá.

Mas não me queixo; a solidão não me incomoda. Economizei muito dinheiro no decorrer dos anos em que ocupei o posto de astrólogo imperial. Casei-me; tenho quatro filhos. Abandonei minhas funções a tempo, talvez porque saiba antever a chegada das horas difíceis, com uma intuição que talvez tenha adquirido com a prática do ofício, antes da partida do exército imperial para o cerco de Viena; antes que o frenesi da derrota tivesse custado a cabeça aos bufões que cercavam o sultão e ao astrólogo imperial que me sucedeu, e bem antes da deposição desse nosso soberano que tanto amava os animais, retirei-me aqui para Gebze. Mandei construir este palacete e me mudei para cá com meus amados livros, meus filhos e um casal de criados. Minha mulher, que desposei quando ainda era o astrólogo imperial, é muito mais jovem que eu, uma ótima dona-de-casa que comanda todos os afazeres domésticos e também cuida de outras tarefas menores para mim, deixando-me livre para escrever meus livros e sonhar, aos quase setenta anos, sozinho o dia inteiro neste cômodo. Assim, posso ocupar meus pensamentos com Ele o quanto eu quiser a fim de encontrar um final apropriado para minha história e para minha vida.

No entanto, durante os primeiros anos, eu fazia o possível para nunca pensar n'Ele. O sultão bem que tentou, duas ou três vezes, conversar comigo sobre Ele, mas logo percebeu que o assunto não me agradava nem um pouco. Acredito que estava perfeitamente conformado com a situação; só me parecia um tanto intrigado, mas jamais consegui saber ao certo o que o intrigava, ou até que ponto. No começo, declarou-me que eu fora muito influenciado por Ele, que Ele me ensinara muitas coisas e que eu não devia ter nenhuma vergonha dessa influência. Todos aqueles livros, todos os calendários e todas as previsões que eu apresentara ao soberano ao longo dos anos tinham sido obviamente escritos por Ele, o que o sultão notara desde o início. E fora o que havia dito diretamente a Ele, no tempo em que eu ficava fechado em casa às voltas com os desenhos da nossa famosa máquina de guerra, que acabara enterrada no pântano. O monarca dissera-o diretamente a Ele, e tinha certeza de que Ele havia de ter me contado, da mesma forma como eu costumava contar tudo a Ele. Naquela época, é possível que não tenhamos querido ir mais longe, nem o soberano nem eu. Mas eu percebia que o sultão — mais que eu — tinha os pés firmemente plantados na terra. Eu achava que ele era mais inteligente que eu, que sabia tudo o que precisava saber e estava brincando comigo para me controlar ainda melhor. E talvez eu também estivesse influenciado pela gratidão que sentia por ele, pois ele me perdoara aquele malogro final nos pântanos e me poupara da fúria dos soldados, enlouquecidos pelos rumores sobre malefícios e sobre o mau-olhado. Quando souberam da fuga do Infiel, alguns deles haviam pedido minha cabeça. Se o sultão tivesse feito diretamente a mim a pergunta nos primeiros anos, acredito que teria lhe confessado tudo. Naquela época, ainda não circulavam os rumores de que eu não era eu; eu queria muito conversar com alguém sobre o que acontecera. Acima de tudo, porém, Ele me fazia muita falta.

E viver sozinho na casa que tínhamos dividido por tantos anos me incomodava mais ainda. Com meus bolsos cheios de dinheiro, meus pés logo aprenderam o caminho do mercado de escravos. Freqüentei o mercado meses a fio, na esperança de lá encontrar o que procurava. Acabei comprando um pobre-diabo que levei para casa e, a bem da verdade, não era parecido nem comigo nem com Ele. Naquela noite, depois que lhe ordenei que me ensinasse tudo o que sabia, que me descrevesse seu país e seu passado, e, pior, que me confessasse todos os seus pecados, quando o trouxe para a frente do espelho, ele ficou totalmente apavorado. Foi uma noite terrível, e senti pena do infeliz, que decidi libertar ainda pela manhã; mas fui derrotado por minha avareza, e o levei de volta ao mercado para revendê-lo. Depois disso, decidi me casar e espalhei a notícia pelas redondezas. E os vizinhos vieram me visitar, satisfeitos, convencidos de que eu finalmente me transformaria num deles: o bairro não sofreria mais com minha conduta... Eu também ficaria contente de ser como eles, senti-me cheio de otimismo, achei que os rumores tivessem cessado, que a partir de então poderia viver em paz, continuando a inventar histórias para o sultão. Escolhi minha esposa com cuidado; ela até tocava o alaúde para mim à noite.

Quando os boatos recomeçaram, pensei num primeiro momento que se tratasse de mais uma das brincadeiras do monarca; de fato, acreditava que ele se divertia observando minha ansiedade, fazendo-me perguntas desconcertantes. No início, quando ele me declarava à queima-roupa coisas como: "Será que conhecemos a nós mesmos? Todo homem precisa entender melhor quem ele é", eu não ficava muito alarmado. Pensava que ele tinha aprendido aquelas perguntas irritantes com o imbecil cismado com a filosofia grega que figurava entre os sicofantas que voltaram a rodeá-lo. Mas, quando me pediu que escrevesse um tratado sobre o assunto, apresentei-lhe meu livro mais recente, em que eu dizia que as gazelas e as andorinhas vivem satisfeitas porque nunca refletem sobre si mesmas nem sabem o que são. Quando descobri que ele levara o livro a sério e o lera com prazer, acalmei-me um pouco, mas os rumores logo recomeçaram a chegar aos meus ouvidos. Diziam que eu tomava o sultão por um imbecil, pois nem era muito parecido com o homem de cuja posição me apossara: Ele era mais magro e mais esbelto, enquanto eu engordara; haviam percebido minhas mentiras quando eu dizia que não tinha como saber tudo o que Ele sabia. E, quando houvesse uma nova guerra, eu também haveria de desertar, como Ele, depois de ter espalhado malefícios ao meu redor; como Ele, haveria de entregar nossos segredos militares ao inimigo, abrindo o caminho para nossa derrota, e assim por diante. A fim de me proteger desses rumores, que eu julgava ter sido criados pelo próprio sultão, parei de freqüentar festas e banquetes, evitava mostrar-me em público, perdi peso e fiz investigações cuidadosas sobre tudo o que fora discutido na tenda do soberano naquela última noite. Minha mulher tinha um filho atrás do outro; eu dispunha de uma boa renda; queria esquecer os boatos e o passado, esquecer tudo o que tivesse a ver com Ele, e continuar meu trabalho em paz.

Perseverei por mais quase sete anos. Talvez tivesse persistido até o fim, se possuísse nervos mais resistentes ou, melhor dizendo, se não tivesse pressentido a iminência de novos expurgos no círculo que rodeava o sultão. Pois, de tanto atravessar as portas que o monarca abria à minha frente, eu tornava a me revestir da minha antiga personalidade, que eu tanto quisera esquecer. Agora, respondia com certa insolência às perguntas sobre minha identidade, que no início me deixavam tão inquieto. "Que importa saber quem um homem é?", dizia eu. "O importante é saber o que ele faz, e o que fará." E acredito que foi por essa brecha que o sultão penetrou no mecanismo da minha mente. No dia em que me pediu que lhe falasse sobre a Itália, o país onde Ele se refugiara, o soberano aborreceu-se quando lhe respondi que não sabia quase nada sobre aquela terra. Sabia que Ele me contava tudo. Do que eu estava com medo? Bastava lembrar o que Ele me contara. E assim me vi obrigado a contar ao sultão como Ele passara Sua infância, descrevendo em detalhes as memórias maravilhosas que Ele conservara e que incluí em parte neste livro. No começo, meus nervos ainda não estavam enfraquecidos. O soberano escutava-me da maneira devida, da maneira que eu queria, como escutamos alguém nos contar o que ouviu de outra pessoa. Mas nos anos seguintes ele foi mais longe; escutava o que eu lhe dizia como se fosse Ele quem falava. Depois de me perguntar detalhes que só Ele teria como saber, repetia que eu não precisava ter medo, que lhe desse a primeira resposta que me viesse à mente. Qual fato tinha precipitado a gaguez da Sua irmã? Por que Ele não fora aceito na Universidade de Pádua? De que cor era o traje que Seu irmão usava na primeira queima de fogos a que Ele assistira em Veneza? Todos esses detalhes, eu fornecia ao sultão como se fizessem parte da minha própria vida, durante passeios de barco, ou ao lado de um lago cheio de tartarugas e nenúfares, diante das gaiolas de prata onde viviam macacos desavergonhados ou caminhando por um daqueles jardins que estavam repletos das memórias d'Ele, por terem sido tantas vezes percorridos pelos dois juntos, o sultão e Ele. Nessas ocasiões, o soberano, satisfeito com minhas histórias e com o jogo das lembranças que se abriam como flores no jardim da nossa memória, sentia-se ainda mais próximo de mim e me falava sobre Ele como se relembrasse um velho amigo que tivesse nos traído. Foi num desses momentos que o sultão me disse que Ele fizera bem em fugir: embora O achasse bastante divertido, muitas vezes se aborrecera com Sua impertinência e cogitara mandar matá-l'O. Fez certas revelações que me assustavam porque eu já não sabia ao certo de qual de nós dois estava falando, mas falava sem ódio, e até com afeto. Explicou-me que em determinados dias tivera medo de, sob o efeito da impaciência, ordenar que O executassem, pois não agüentava mais Sua arrogância e Sua falta de humildade. Naquela última noite, por exemplo, estivera a ponto de mandar chamar os carrascos! Mais tarde, declarou que eu não era impertinente, que eu não me considerava o homem mais inteligente e capaz do universo, que eu não tentara explorar o terror provocado pela peste de alguma forma que me beneficiasse; eu nunca teria a idéia de fazer as pessoas passar as noites em claro contando-lhes histórias sobre meninos-reis que eram mortos por empalamento; e agora em casa não havia ninguém à minha espera a quem eu pudesse contar os sonhos que o sultão me relatava, ridicularizando-os; ninguém que pudesse me ajudar a escrever histórias que entretinham, é verdade, mas eram tolas e se destinavam a enganar o soberano! Quando o ouvia falar desse modo, tinha a impressão de ver a mim, de ver a nós dois, de fora, como que num sonho, e percebi que havíamos ido longe demais. Mas nos últimos meses o sultão, como que para me enlouquecer, ia mais longe ainda: não, eu não era nada igual a Ele, não perdera o juízo com aqueles sofismas sobre as diferenças entre "eles" e "nós"! O espírito mau que assegurara a vitória do nosso Demônio no negrume do céu, durante a queima de fogos de artifício que organizamos e a que o monarca de oito anos assistira da margem oposta antes de nos conhecer, tinha me deixado, e agora estava ao lado d'Ele na terra onde Ele julgava que iria encontrar a paz. E mais tarde, no meio de um desses passeios sempre iguais pelo jardim, o soberano perguntava-me com ar de extrema atenção: seria preciso ser um sultão para entender que os homens, nos quatro cantos e nos sete climas do mundo, eram todos semelhantes uns aos outros? Com medo, eu me calava; e ele insistia, para impedir que eu me refugiasse no silêncio: a melhor prova de que os homens de toda parte eram iguais não era o fato de que uns podiam tomar o lugar dos outros? A situação tornava-se intolerável.

Como eu esperava que o sultão e eu um dia conseguíssemos esquecer tudo o que tinha a ver com Ele, ou talvez porque quisesse acumular mais algum dinheiro, talvez pudesse ter suportado pacientemente aquelas torturas por mais tempo, pois já me acostumara ao medo provocado pela ambigüidade. Mas o soberano abria e fechava as portas da minha mente sem dó nem piedade, como se avançasse a galope no encalço de uma lebre em meio a uma floresta em que nos perdêramos. E o pior era que agora o fazia em público. Tornara a cercar-se de cortesãos bajuladores. Eu tinha medo, porque pressentia um novo expurgo e talvez o confisco dos bens de todos nós; a proximidade dos infortúnios assustava-me. No dia em que o sultão me pediu que descrevesse as pontes de Veneza, as rendas que adornavam as toalhas de mesa em que Ele comia na infância, a vista da janela que dava para o jardim nos fundos da casa que Ele recordara quando estava prestes a ser decapitado por recusar a conversão ao islã — quando o sultão me ordenou que reunisse num livro todos esses detalhes, como se fossem minhas próprias memórias, resolvi fugir de Istambul o mais rápido possível.

Mudei-me para outra casa em Gebze, a fim de esquecer tudo o que tivesse a ver com Ele. Num primeiro momento, tinha medo de que guardas do palácio viessem me buscar, mas ninguém se incomodou comigo e minha renda continuava intocada. Ou eu fora esquecido ou o soberano mandara que me vigiassem em segredo. Já não adiantava pensar nisso, e me entreguei ao trabalho. Pus meus negócios em ordem; mandei construir a casa onde ainda moro; mandei arrumar a meu gosto o jardim do terreno dos fundos, obedecendo aos meus impulsos internos; passava o tempo lendo meus livros, escrevendo histórias para meu próprio prazer e aconselhando os visitantes que vinham me ver porque haviam descoberto que eu fora o astrólogo imperial — mais pela distração do que pela quantia que me pagavam. E foi talvez nessa época que mais aprendi sobre este país onde vivi desde a juventude. Antes de concordar em ler o futuro dos inválidos, dos infelizes que não conseguiam se recuperar da dor pela morte de um filho ou de um irmão, dos doentes incuráveis, dos pais aflitos de moças solteironas, dos anões que nunca chegavam à altura dos adultos, dos maridos enciumados, dos cegos, dos marinheiros e de todos os que, assolados pela doença do amor, sentiam seu espírito perdido, deixava-os falar longamente, pedia que me contassem suas histórias e, à noite, anotava nos meus cadernos tudo o que tinha ouvido, para poder usar aquilo nas minhas histórias, como fiz neste livro.

Foi nesses anos também que conheci o homem que introduziu uma profunda melancolia nesta sala. Ele devia ser dez ou quinze anos mais velho que eu. Assim que vi a tristeza no rosto daquele homem chamado Evliya, concluí que seu problema era a solidão, mas não era o que ele dizia: parece que dedicara a vida inteira a viajar e ao livro em dez volumes sobre suas viagens que estava prestes a terminar. Antes de morrer, ainda pretendia fazer a jornada aos locais mais próximos de Deus, até Meca e Medina, e escrever sobre eles também, mas havia algo que faltava ao seu livro e que o deixava triste. Queria contar aos seus leitores sobre as pontes e fontes da Itália, de cujas belezas tanto ouvira falar, e queria saber se eu, a quem viera procurar em virtude da minha fama em Istambul, não poderia lhe falar sobre elas. Quando lhe respondi que jamais estivera na Itália, ele disse que sabia perfeitamente disso, como todo mundo, mas que ficara sabendo que eu tivera um escravo vindo de lá que me descrevera tudo. Se eu, por minha vez, contasse tudo a Evliya, ele estava disposto a me recompensar com anedotas muito divertidas: afinal, inventar e ouvir histórias divertidas não era a parte mais agradável da vida? Enquanto ele tirava timidamente um mapa da sua mala, o pior mapa da Itália em que eu já pusera os olhos, resolvi lhe contar o que ele queria.

Com sua mão gorducha e infantil, ele começou a me apontar cidades no mapa, e, depois de pronunciar cada nome sílaba por sílaba, anotava meticulosamente tudo o que eu inventava sobre o lugar. E, para cada cidade, queria também uma história curiosa. Passamos assim treze noites em treze cidades, e atravessamos de norte a sul todo aquele país que eu via inteiro pela primeira vez na vida. Após esse esforço, que nos tomou toda a manhã, voltamos da Sicília para Istambul de navio. Ele ficou tão satisfeito com o que eu lhe contara, que decidiu me agradar e me falou dos equilibristas que saíam andando na corda bamba e desapareciam nos céus de Acre, da mulher que dera à luz um elefante em Konya, dos touros de asas azuis e dos gatos cor-de-rosa que viviam nas margens do Nilo, da torre do relógio de Viena, dos dentes falsos que mandara fazer lá e agora me exibia num grande sorriso, da caverna falante na costa do mar de Azov e das formigas vermelhas da América. Por algum motivo, aquelas histórias despertaram em mim uma estranha melancolia, e tive vontade de chorar. O fulgor rubro do sol poente encheu minha sala. Quando Evliya me perguntou se eu também conhecia histórias incríveis como aquelas, tive vontade de lhe causar espanto e convidei-o a passar a noite na minha casa, juntamente com seus criados. Eu sabia uma história que podia ser do seu agrado, sobre dois homens que trocavam de vida.

À noite, depois que todos se recolheram e quando o silêncio que nós dois esperávamos caiu sobre a casa, voltamos à minha sala de trabalho. E foi então que me ocorreu pela primeira vez esta história cuja leitura vocês estão quase concluindo! O que contei a ele não parecia fruto da minha imaginação, mas uma história vivida: era como se outra pessoa me soprasse cada palavra. As frases sucediam-se lentamente: "Navegávamos de Veneza para Nápoles quando a esquadra turca apareceu...".

Muito depois da meia-noite, quando concluí minha história, houve um silêncio prolongado. Senti que estávamos os dois pensando sobre Ele — mas, na mente de Evliya, Ele era totalmente diferente daquele em quem eu pensava. Naquele momento, sem dúvida, ele pensava na sua própria vida! E eu pensava na minha, pensava sobre Ele, sobre o quanto eu gostara da história que acabara de contar; e senti algum orgulho por tudo o que eu tinha vivido e imaginado. Naquela sala em que estávamos sentados, transbordavam as tristes lembranças de tudo o que nós dois desejáramos ter sido e daquilo que nos tornáramos. Pela primeira vez, entendi claramente que jamais conseguiria me esquecer d'Ele e que isso me faria infeliz pelo resto dos meus dias. Percebi então que nunca mais poderia viver só. Juntamente com aquela história, um fantasma sedutor que nos deixava a ambos intrigados e desconfortáveis parecia ter invadido aquela sala em plena noite. Pouco antes do amanhecer, meu hóspede declarou-me que havia adorado minha história, o que me deixou muito satisfeito, mas acrescentou que não estava de acordo em certos pontos. Escutei suas objeções com todo o interesse, talvez para me livrar das lembranças tão perturbadoras do meu gêmeo e voltar o mais depressa possível para minha nova vida.

Sim, concordou ele, devemos sempre buscar o que é estranho e inesperado, como na minha história; sim, talvez fosse essa a única maneira de escapar da exaustiva monotonia deste universo; desde os anos tediosos da infância e da escola, ele sabia que tudo se repetia o tempo todo; e jamais imaginara passar a vida entre quatro paredes, e era por isso que se dedicara às viagens, em busca de histórias por estradas que nunca chegavam ao fim. Mas devemos buscar o que é estranho e inesperado no mundo exterior, e não dentro de nós mesmos! Ficar procurando quem somos, pensar tanto tempo e com tanta intensidade sobre nós mesmos, só pode nos trazer a infelicidade. E era isso que acontecia com os personagens da minha história: era por isso que nunca chegavam a ser eles mesmos, era por isso que aspiravam o tempo todo a ser outra pessoa. Vamos supor que o que acontecia na minha história tivesse ocorrido na realidade. A meu ver, aqueles dois homens que trocavam de lugar podiam ser felizes em suas novas vidas? Não respondi nada. E em seguida, por uma razão de que não me lembro, Evliya aludiu a um detalhe da minha história: não devíamos nos deixar maltratar pelas expectativas fúteis de um escravo espanhol e ainda por cima aleijado! Pois, de tanto escrevermos histórias desse tipo, de tanto buscar o que era estranho em nós mesmos, nós também correríamos o risco de nos transformar noutras pessoas, e — Deus nos livre! — nossos leitores também. Ele nem queria imaginar esse universo terrível, em que os homens só falassem de si mesmos e das suas peculiaridades, e onde os livros e as histórias só tratassem desse assunto!

Mas era justamente isso que eu queria! E eis por que, assim que esse velhinho a quem num só dia eu tanto me afeiçoara reuniu seus criados ao amanhecer e partiu, leve como uma pluma, rumo a Meca, sentei-me à minha mesa e comecei a escrever este livro. A fim, talvez, de melhor imaginar meus leitores nesse universo terrível que há de vir, fiz todo o possível para incluir no livro tudo o que eu sabia sobre mim, mas também tudo o que sei sobre Ele, que eu já não podia distinguir de mim. Mas, quando reli nos últimos dias este livro que pus de lado há dezesseis anos, concluí que não tinha conseguido. E é por isso que, pedindo desculpas aos leitores que não gostam de que o autor fale de si mesmo — especialmente quando se deixa levar pelos sentimentos —, acrescento estas páginas ao meu livro:

Eu O amava, a Ele, da mesma forma como amava minha própria imagem lamentável e cheia de fraquezas que eu via nos meus sonhos, sufocando com a vergonha, a raiva, a melancolia e o sentimento de culpa que essa imagem emitia, como a vergonha que sentimos ao ver um animal selvagem urrando de dor, ou a raiva que sinto dos caprichos do meu próprio filho. E talvez, mais que tudo, eu O amasse porque encontrava nesse amor a repulsa estúpida e a satisfação imbecil de me reconhecer n'Ele. E esse amor se tornou familiar para mim, da mesma forma como me são familiares os movimentos das minhas mãos e dos meus braços, que se agitam inutilmente como insetos; da mesma forma como me são familiares as idéias que se entrechocam e em seguida se apagam entre as paredes da minha mente; da mesma forma como me é familiar o cheiro único do suor do meu corpo, hoje tão acabado, ou meus cabelos cada vez mais ralos, minha boca, que acho tão feia, ou ainda minha mão rosada que segura a caneta: eis por que as mentiras deles jamais conseguiram me enganar. Depois que terminei de escrever meu livro e o escondi num canto porque queria esquecer-me d'Ele, nunca mais me deixei impressionar pelos rumores que circulavam a nosso respeito, pelas intrigas daqueles que, tendo ouvido falar da nossa história, tentavam tirar alguma vantagem dela. Nada disso. As histórias que contavam sobre Ele! Vinha trabalhando no projeto de uma nova máquina de guerra, agora sob a tutela de algum paxá do Cairo! Durante o malsucedido cerco de Viena, fora visto na cidade, transmitindo ao inimigo conselhos sobre a maneira de nos derrotar mais depressa! Viram-n'O em Edirna, disfarçado de pedinte; durante uma briga entre mercadores que Ele mesmo teria provocado, acabara por apunhalar um fabricante de colchões antes de desaparecer! Exercia as funções de imã numa mesquita de bairro que ficava num distrito distante da Anatólia, onde instalara uma sala dos horários — e quem contava essa história jurava que era verdadeira; e começara a coletar dinheiro para construir uma torre! Fora até a Espanha, seguindo a rota da peste, e ficara rico graças aos livros que escrevera! Diziam até que Ele é que havia fomentado a conspiração para destronar nosso pobre soberano! Nas aldeias eslavas, de tanto escutar as confissões sinceras que acabara obtendo dos camponeses locais, tornara-se um monge lendário, que sofria de epilepsia e escrevia livros eivados de desespero! Vagava pela Anatólia, afirmando que ainda haveria de destronar todos os sultões idiotas, comandando bandoleiros que enfeitiçara com Suas previsões e Seus poemas! E mandara me chamar para juntar-me a Ele! Durante esses dezesseis anos que passei escrevendo minhas histórias, tanto para esquecer tudo o que tivesse a ver com Ele como para me distrair imaginando esses homens terríveis do futuro num universo tão terrível, ou só para vivenciar todo o prazer das minhas fantasias, ouvi muitas outras variantes desses rumores, mas não acreditei em nenhuma delas. Não sei se acontece o mesmo com as outras pessoas, mas, na época em que nos sentíamos prisioneiros entre as quatro paredes da sala que dava para o Chifre de Ouro, à espera de um convite que nunca parecia chegar, do palácio ou de alguma mansão, alimentando um pelo outro um ódio que nos cumulava de felicidade ou rindo dos nossos próprios gracejos enquanto escrevíamos mais um tratado para nosso soberano, acontecia, na vida de todo dia, de nos determos ao mesmo tempo em algum detalhe insignificante: um cão encharcado que tínhamos visto juntos na chuva daquela manhã, a geometria oculta nas cores e formas das roupas estendidas num varal entre duas árvores, uma palavra trocada por outra por engano mas que de repente revelava a simetria que rege a vida! São esses os momentos de que sinto mais saudades! E foi por essa razão que retornei a este livro, escrito outrora por minha sombra, imaginando que muitos anos, muitos séculos talvez, depois que Ele já tenha morrido, algum curioso possa vir a lê-lo pensando bem mais na sua própria vida do que na nossa. A bem da verdade, não me importarei muito se ninguém chegar a ler este livro. E também por isso é que dissimulei aqui Seu nome, enterrado, embora não muito profundamente, talvez, entre suas páginas. Voltei a ele porque queria reviver as noites do tempo da peste, minha infância em Edirna, as horas deliciosas que passei nos jardins do sultão, o calafrio que senti a primeira vez que O vi imberbe na ante-sala do paxá. Todo mundo sabe que, para recuperar a vida e os sonhos perdidos, precisamos tornar a sonhá-los. Eu acreditei na minha história!

Quero concluir meu livro falando do dia em que resolvi terminá-lo: mais ou menos duas semanas atrás, sentado à nossa mesa, enquanto tentava sonhar uma história diferente, vi um cavaleiro chegando pela estrada de Istambul. Ninguém me trouxera ultimamente nenhuma notícia sobre Ele, talvez porque me vissem encerrado no meu mutismo, e eu já não esperava notícia alguma. Mas, assim que vislumbrei aquele viajante, que usava uma capa diferente e carregava uma sombrinha nas mãos, adivinhei que devia estar à minha procura. Ouvi sua voz antes até que ele entrasse na minha sala: falava turco um pouco pior que Ele, mas cometendo os mesmos erros. Logo que entrou na minha sala, pôs-se a falar italiano. Quando viu a expressão contrariada no meu rosto e que eu não respondia, declarou com seu turco ruim que julgava que eu saberia ao menos um pouco de italiano. Mais tarde, explicou que fora Ele quem lhe dissera meu nome e dera informações a meu respeito. Depois de voltar ao Seu país, Ele tinha publicado vários livros descrevendo as aventuras inacreditáveis que vivera entre os turcos, o último sultão que tanto amava os animais, seus sonhos, os turcos e a peste, os costumes da nossa corte e nossos costumes militares. Graças à curiosidade atual sobre esse Oriente exótico, a qual começava a se espalhar entre os aristocratas e sobretudo entre as senhoras bem-nascidas, Seus escritos foram muito bem recebidos, e Seus livros eram bastante lidos. Ele dava cursos nas universidades sobre esses temas. Ficou rico. E mais: arrebatada pelo romantismo dos Seus escritos, Sua antiga noiva abandonara o marido para ir viver com Ele. Recompraram a propriedade da família, que havia sido desmembrada, e foram morar nela, devolvendo a casa e os jardins ao seu estado original. E meu visitante sabia de todos esses detalhes porque, admirador fervoroso dos livros d'Ele, tinha ido fazer-Lhe uma visita. Ele se mostrara muito cortês, dedicara um dia inteiro do Seu tempo ao visitante e respondera a todas as suas perguntas. Contara mais uma vez as aventuras de que falava no Seu livro. E fora assim que Ele falara longamente a meu respeito: estava escrevendo um livro sobre mim, intitulado *Um turco que conheci*; pretendia apresentar toda a história da minha vida aos Seus leitores italianos, da minha infância em Edirna ao dia em que Ele partira, acrescida das Suas irresistíveis observações pessoais acerca das peculiaridades dos turcos. "O senhor contou a Ele tantas coisas a seu respeito!", disse meu visitante. Mais tarde, para intrigar-me ainda mais, recapitulou alguns detalhes desse livro, ao qual tivera um acesso limitado: em criança, depois de surrar impiedosamente um amigo, eu sentira tanta vergonha do meu gesto que chorara amargamente de remorso! Eu era inteligente: no espaço de seis meses, entendera tudo o que Ele me ensinara de astronomia; eu amava muito minha irmã mais velha; era um muçulmano devoto e nunca deixava de fazer minhas preces; adorava cerejas em conserva; tinha um interesse especial pela fabricação de colchões, profissão do meu padrasto, e assim por diante. Como eu não podia demonstrar má vontade com aquele idiota depois de todo o interesse que ele manifestava por mim, e como conhecia a curiosidade que costuma animar os homens da sua espécie, mostrei-lhe toda a minha casa, aposento por aposento. Em seguida, ele ficou fascinado com as brincadeiras dos meus filhos menores no jardim com seus amiguinhos; anotou num caderno as regras dos jogos de bilharda e cabra-cega, as quais pediu que lhe explicassem, e da brincadeira de carniça, embora não tenha gostado muito dos jogos mais brutos. Declarou-me então que era um admirador dos turcos, o que reafirmou enquanto eu lhe mostrava nosso jardim e em seguida, na parte da tarde, por falta de outra coisa que fazer, a pobre cidadezinha de Gebze e a casa onde eu e Ele havíamos ficado anos antes. Enquanto examinava a despensa, que fizera questão de ver, entre jarros de geléias e de legumes marinados, as ânforas de azeite e de vinagre, ele viu meu retrato a óleo que eu encomendara ao pintor veneziano. Assim, decidiu ir mais longe ainda nas suas confidências e me sussurrou, como se traísse um segredo, que na verdade Ele não era um amigo sincero dos turcos e que escrevera muitas coisas desabonadoras sobre eles. Afirmava que estávamos em decadência e descrevia nossas mentes como armários empoeirados repletos de velharias. Declarava que não tínhamos como escapar ao nosso triste destino e que nosso único meio de sobreviver seria submeter-nos a eles, os "outros", o mais rápido possível. E mesmo assim, depois disso, a única coisa que conseguiríamos fazer por séculos seria imitar aqueles a quem nos submetíamos! "Mas Ele queria nossa salvação", comentei, para tentar fazê-lo parar de falar, mas ele se apressou em acrescentar que sabia disso, que Ele chegara até a construir uma arma para nos salvar mas que nós não havíamos compreendido: numa certa manhã de nevoeiro, Sua máquina fora abandonada na lama de um pântano asqueroso, como a carcaça de um navio pirata que naufraga numa tempestade. E em seguida comentou: sim, Ele de fato tentara nos salvar. O que não queria dizer que não sentisse por nós uma malevolência diabólica. Todos os gênios eram assim! Enquanto examinava cuidadosamente meu retrato, que retirara da parede e segurava, o visitante murmurava mais alguma coisa sobre a genialidade: ah, se Ele não tivesse caído nas nossas mãos, se tivesse passado a vida inteira no Seu próprio país! Poderia ter sido o Leonardo do século XVII! Mais tarde, voltou a falar do Mal, que parecia ser seu assunto preferido. Revelou-me algumas histórias muito feias que circulavam sobre a maneira como Ele lidava com dinheiro; eu já ouvira aqueles rumores, mas em seguida esquecera. "E o mais espantoso", disse-me ele depois, "é que o senhor não foi nada influenciado por Ele!" Fizera questão de me conhecer, acrescentou, e disse que gostara bastante de mim. E mais uma vez manifestou seu espanto: como é que dois homens que viveram lado a lado tantos anos podiam ser tão pouco parecidos, tão diferentes um do outro? Ele não conseguia entender. Não pediu, como cheguei a temer, que eu lhe desse meu retrato; tendo-o devolvido à parede, perguntou se podia ver meus colchões. "Quais colchões?", perguntei, admirado. E ele ficou surpreso: mas eu não passava meu tempo livre cosendo colchões? E foi então que decidi lhe mostrar este livro, que eu não tinha relido em dezesseis anos.

Ele foi tomado pela emoção, disse que sabia ler turco e que um livro sobre Ele, é claro, só podia lhe interessar muito. Subimos para minha sala de trabalho, cujas janelas davam para o jardim. Ele se instalou à nossa mesa, e encontrei meu livro exatamente no lugar onde o enfiara dezesseis anos antes, como se tivesse sido na véspera; e abri o manuscrito diante dele. E ele sabia mesmo ler turco, embora devagar. Mergulhou na leitura com aquele desejo, que sempre observei nos viajantes e sempre me irrita tanto, de se sentir estrangeiro sem, no entanto, abandonar a segurança e o conforto do seu próprio universo. Deixei-o a sós na sala, desci para o jardim, onde me sentei no divã forrado com uma esteira de palha num ponto de onde podia vê-lo através da janela aberta. Num primeiro momento, ele se mostrou animado e chegou a gritar para mim pela janela: "Como é óbvio que o senhor nunca pôs os pés na Itália!". Mas logo se esqueceu de mim. Passei três horas sentado no jardim esperando-o terminar sua leitura, enquanto o vigiava ocasionalmente com o canto do olho. Quando ele acabou o livro, parecia confuso: mas tinha entendido tudo. Uma ou duas vezes, repetiu em voz alta o nome do castelo branco que se erguia além do pântano que engolira nossa máquina de guerra. E até tentou de novo — sempre em vão — conversar comigo em italiano. Em seguida, como se buscasse refazer-se da surpresa e digerir o que acabara de ler, virou-se para a janela e ficou olhando para fora sem expressão alguma no rosto. E eu o observava com grande prazer; no início, com o olhar vazio, parecia fitar algum ponto focal imaginário no infinito, como fazemos todos nessas situações. Pouco a pouco, porém, como eu esperava, foi começando a notar o que via no enquadramento da janela. Meus leitores, tão inteligentes, já hão de ter entendido; ele não era tão estúpido quanto eu supunha. Como eu previra, pôs-se a virar muito excitado as páginas do livro, enquanto eu esperava satisfeito que ele por fim encontrasse a página procurada e terminasse de relê-la. Em seguida, tornou a contemplar a vista daquela janela que dava para o jardim atrás da minha casa. E, é claro, eu sabia exatamente o que ele via. Havia pêssegos e cerejas dispostos numa bandeja incrustada de madrepérola em cima de uma mesinha, atrás da mesinha ficava um divã forrado com uma esteira de palha coberta de almofadas de plumas da mesma cor verde da moldura da janela. E eu, um velho septuagenário, estava sentado naquele divã. Atrás de mim, mais além, ele viu uma andorinha empoleirada à beira de um poço entre as oliveiras e as cerejeiras. Ao fundo, um balanço amarrado com longas cordas ao galho alto de uma nogueira oscilava de leve a uma brisa que mal se percebia.

1ª EDIÇÃO [2007] 1 reimpressão

ESTA OBRA FOI COMPOSTA EM ELECTRA PELO ACQUA ESTÚDIO E IMPRESSA EM OFSETE PELA GRÁFICA BARTIRA SOBRE PAPEL PÓLEN SOFT DA SUZANO PAPEL E CELULOSE PARA A EDITORA SCHWARCZ EM NOVEMBRO DE 2007